中华德育故事

东联影视动漫 著

世界知识出版社

图书在版编目（CIP）数据

中华德育故事/东联影视动漫著.

—北京：世界知识出版社，2011.1

ISBN 978-7-5012-4001-2

Ⅰ.①中… Ⅱ. ①东… Ⅲ. ①动画：连环画—作品集

—中国—现代 Ⅳ. ①J228.7

中国版本图书馆CIP数据核字（2010）第258166号

中华德育故事

Zhonghua Deyu Gushi

⊙作　　者——东联影视动漫

⊙策　　划——世知东方

⊙责任编辑——薛　乾

⊙特邀编辑——杨　娟

⊙责任出版——刘　喆

⊙装帧设计——宁春江

⊙出版发行——世界知识出版社

⊙地　　址——北京市东城区干面胡同51号

⊙邮　　编——100010

⊙网　　址——www.wap1934.com　www.ao1934.org

⊙联系电话——010-65265956（直销）　010-85118126（发行）

⊙经　　销——新华书店

⊙印　　刷——北京盛源印刷有限公司

⊙开本印张——787×1092毫米　1/16　9.25印张

⊙字　　数——100千字

⊙版次印次——2011年1月第一版　2011年11月第二次印刷

⊙标准书号——ISBN 978-7-5012-4001-2

⊙定　　价——22.50元

目录

本书通过一个个生动的故事，再现古圣先贤的嘉言懿行，传达以“孝、悌、忠、信、礼、义、廉、耻”为核心的做人之道。每个故事演绎的都是历史上的真人真事，以“二十五史”等有据可查的资料为原本，力求在叙事和义理上保持原汁原味。

本书通过潜移默化的教育方式，洒下美好心灵的种子，把道德精髓的力量传递给孩子，帮助孩子克服弱点，摒弃坏习气，开掘孩子内在的善和爱的情感，让孩子形成自己特有的美丽个性和人生智慧。

在表现手法上，本书融入浓郁的传统文化元素，画面以清新自然的山水画风格为主，借鉴了传统戏曲风格的人物妆容造型，画面活泼可爱，赏心悦目，阅后令人心宁神静。

百善孝为先。本书讲的是四个孩子可爱的孝行故事，处处流露着儿童的纯净与纯善。孝行关乎一个人的一生，孝心扎根，孩子长大后无论对人对事，都会保持谦恭、友爱，从而为其一生的快乐、幸福、成功打下基础。本系列故事演绎以平常心对平常人，让孩子学一则，用一生，用一则，乐一世。

江革负母

江革，字次翁，东汉临淄（今山东淄博）人。年少时父亲去世，与母亲相依为命。当时正逢王莽新朝，政治腐败，战争频繁，盗贼猖獗。江革背着母亲逃难，奉母衣食，不为盗贼威逼利诱，坚决与母不离不弃。

今年的枣花开得多好，
秋天又能打不少枣子。
是啊，娘，等枣子熟了我给您煮着吃。
有革儿这么孝顺，娘不吃心里也甜着呢。唉，可现在外面兵荒马乱的，真让人担心啊。

不好了，快跑啊，杀过来了！
娘，強盗进城了！咱们快逃走吧！
可是这个家，我怎么舍得呢？
娘，家可以重建，可是万一娘有个三长两短的，让孩儿如何是好啊？
革儿，娘年纪大了，也跑不动了，你还是随乡亲们一起逃走吧！
不，要逃就一起逃！

这样会拖累你的！
娘，您不走，孩儿也不走，孩儿给您做饭去！
革儿——好吧，娘答应你！
娘，咱们走！
他们已经走远了，此地不宜久留，说不定有強盗再来。

娘，孩儿
背您吧！
使不得，使不得，革
儿，会累坏你的！
娘，没事的，
孩儿不怕累！
革儿，快把娘放下，你累
了，娘自己能走！

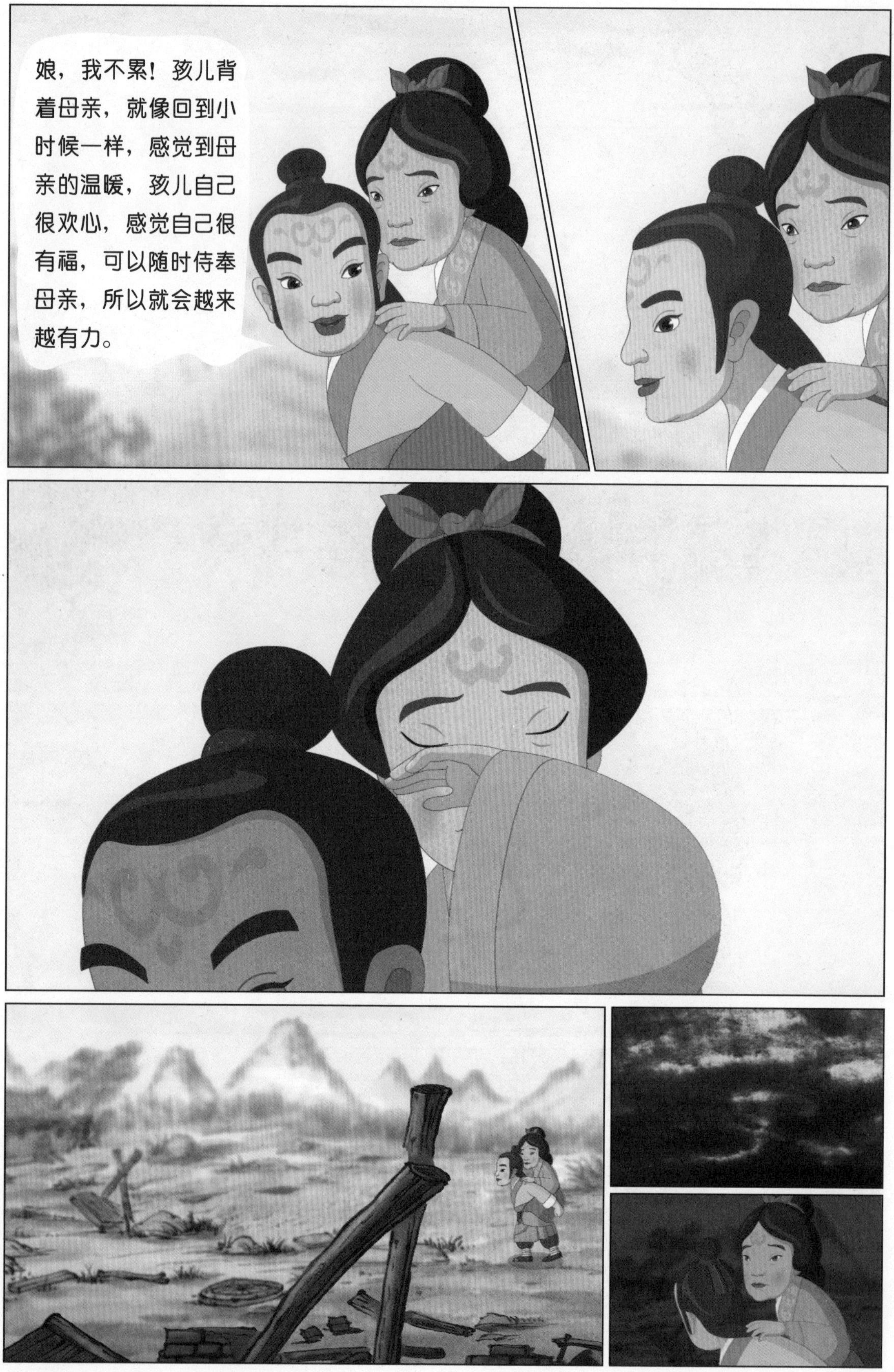
娘，我不累！孩儿背着母亲，就像回到小时候一样，感觉到母亲的温暖，孩儿自己很欢心，感觉自己很有福，可以随时侍奉母亲，所以就会越来越有力。

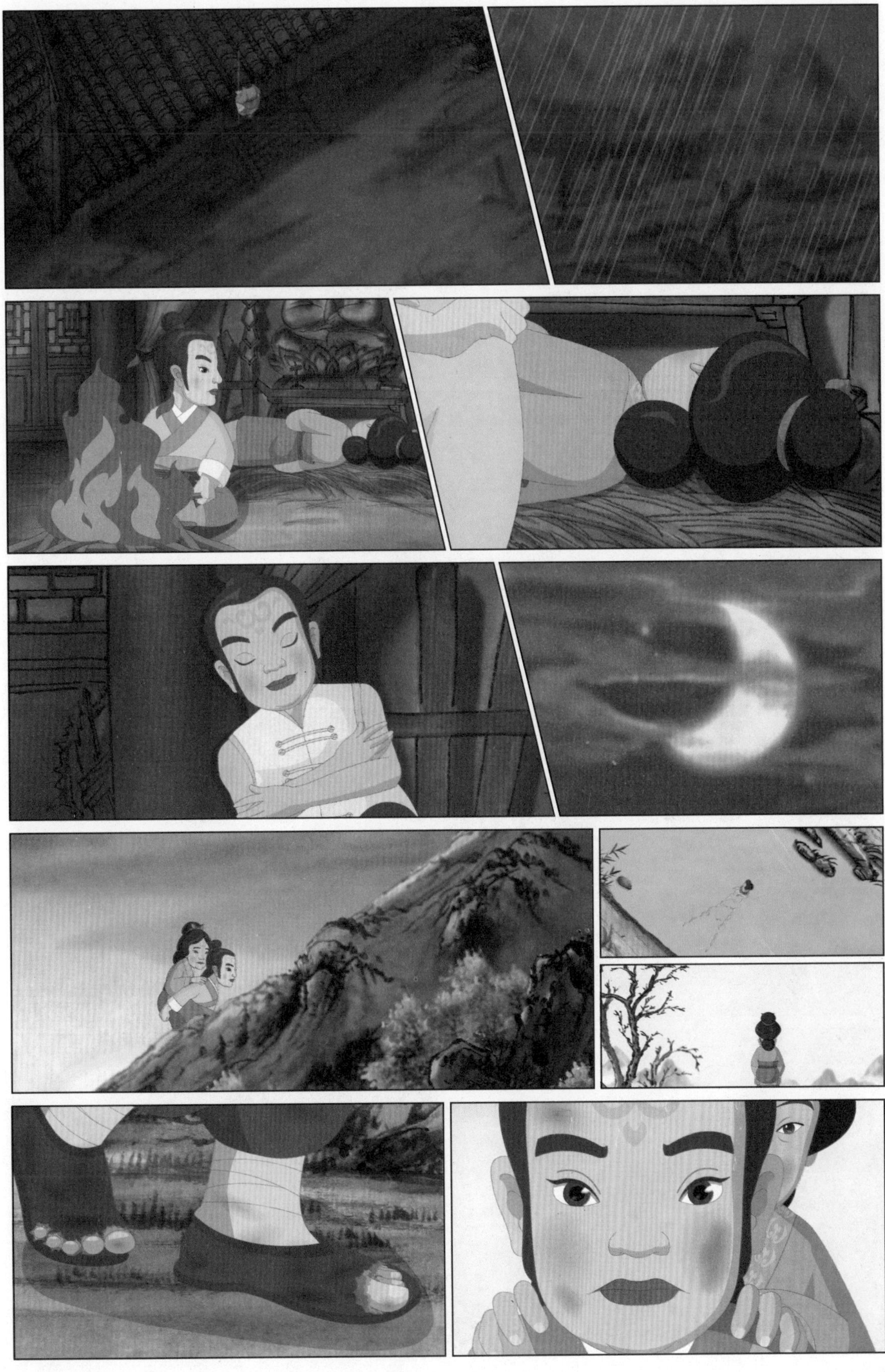

革儿，前面有棵大树，咱们到树荫下歇一会儿吧。
好的，娘。
呜呜呜……
娘，来，慢点，坐这儿。
革儿，你去看看。
嗯，娘，您在这儿等会儿。

小花狗，别难过了，你的妈妈已经死了，可你还得活下去啊，坚強点啊！
革儿，怎么回事？
是一只可怜的小狗，母狗死了。

哦，是这样。
娘，您休息好了吗？
休息好了。
那咱们就继续走吧。
娘，就是这只小狗！
唉，眞可怜。
娘，它好像是要跟着咱们呢。
怪可怜的，就让它跟着吧。

听见了吗？小花狗，以后我就叫你“花花”好吗？那咱们就上路吧。
花花。

娘，您渴了吧？我
去给您找点水喝。

娘，我要带您去一个好地方。
唉，还有什么好地方啊。
到那儿您就知道了。
这……这是什么地方啊？
娘，您闭上眼睛。

娘，您看，这里怎么样？咱们就在这里住下来吧！
嗯，革儿。这儿真是个好地方。

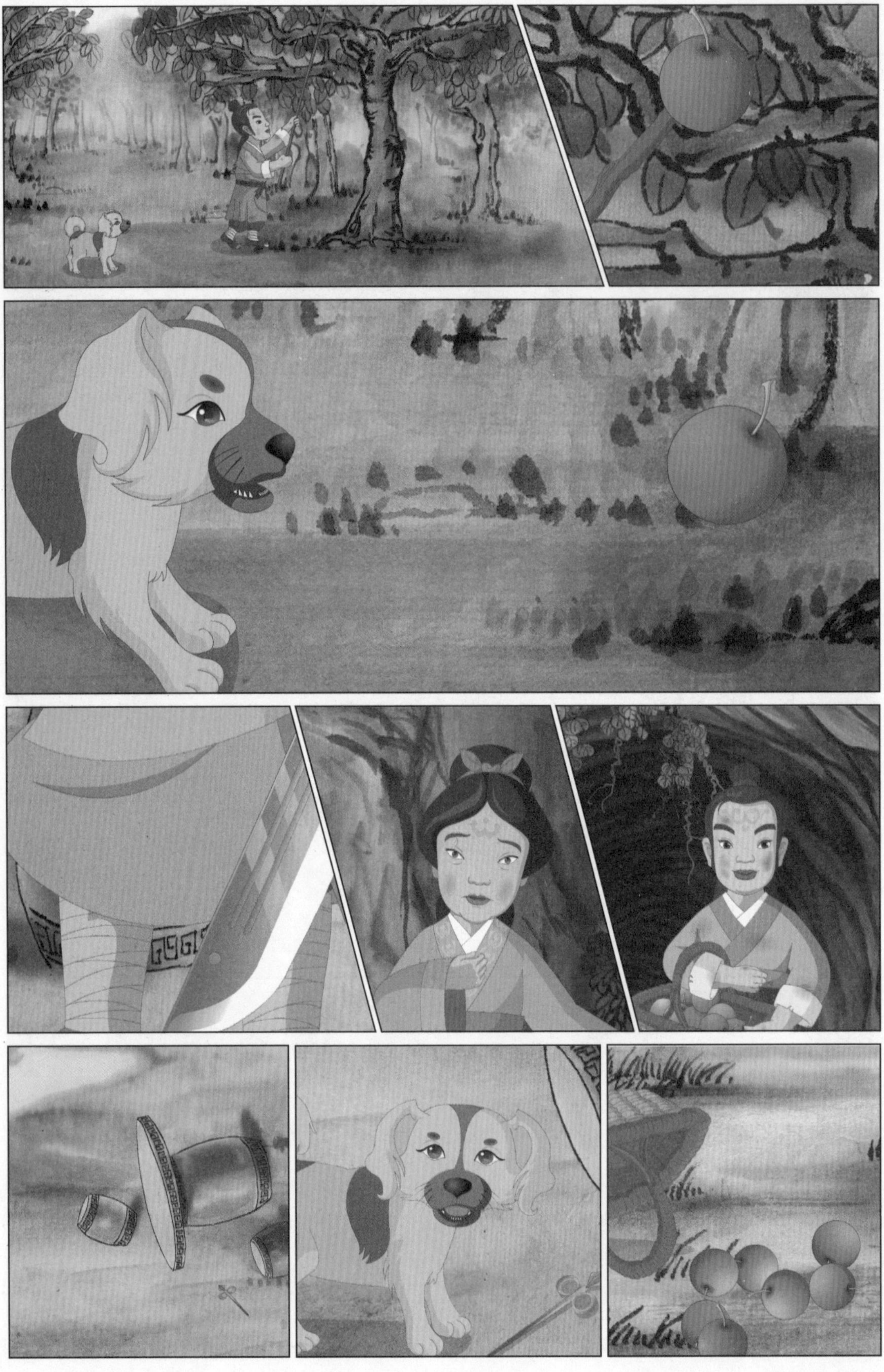

娘，娘——您
到哪里去了？
娘……

娘——
花花，别过来！
花花——

花花，把藤条缠到树上去！

花花，谢谢你。
革儿——
娘——

娘的鞋。花花，继续找，娘一定就在附近了。
嘘，花花，别出声。

唉，这一大早的就折腾人，还得拾柴火。
嘿，就别发牢骚了，不拾柴火拿什么煮饭啊？
咱们抓的那个老太太还真是倔，答应帮咱们煮饭不就不会被绑一宿了吗？真奇怪，大王竟然没杀他！
这不是放长线钓大鱼吗？
此话怎讲？
这不明摆着的吗？大王是想让老太太的儿子拿钱来救她。
如果她儿子不孝顺，贪生怕死不敢来，或者来了也没钱，那怎么办？
大王就会——哎。

咔嚓。
抓住它，今天可以有肉吃了！

不行，我不能就这么走了，
娘还在他们手里。

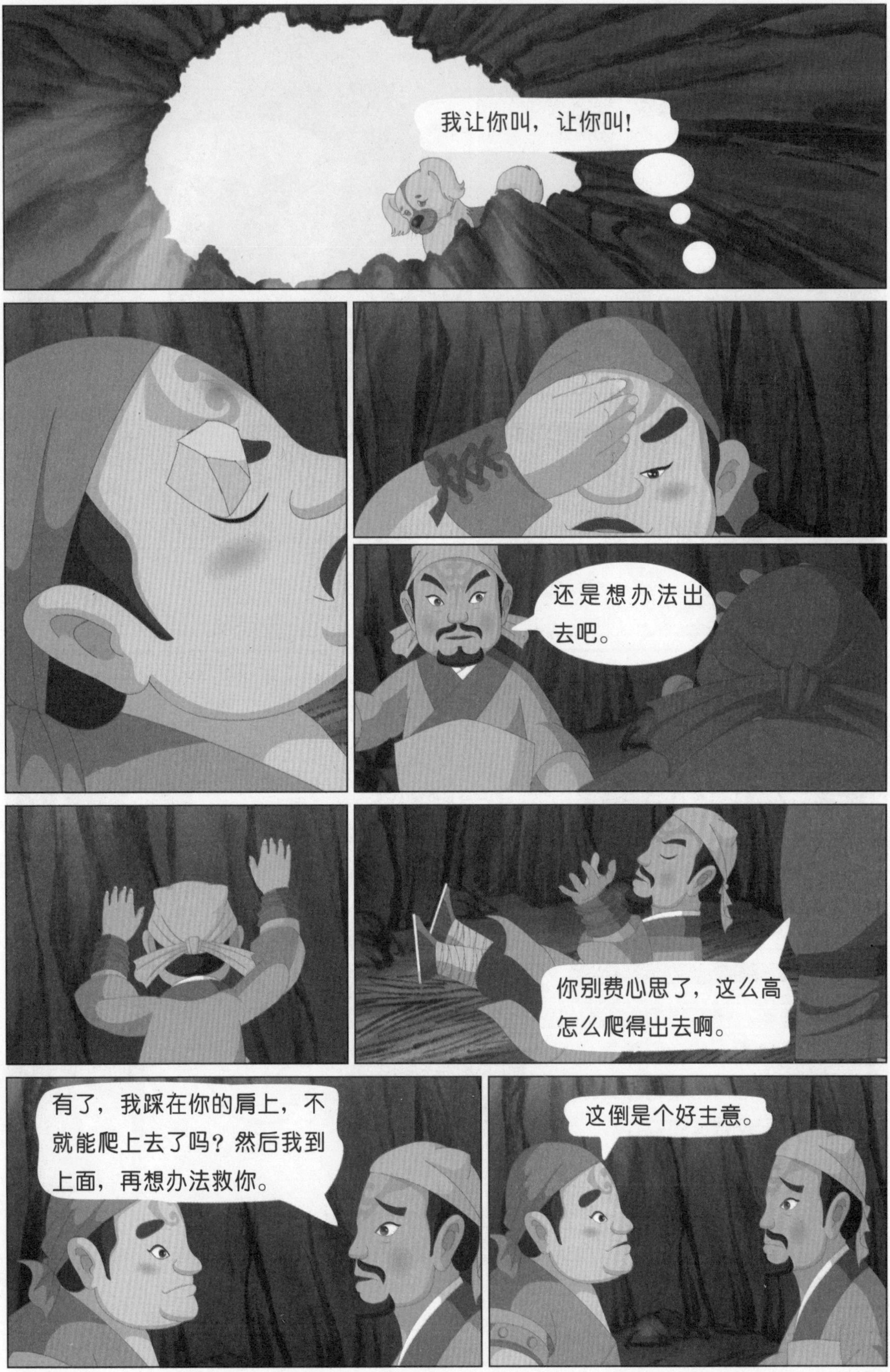
我让你叫，让你叫！
还是想办法出去吧。
你别费心思了，这么高怎么爬得出去啊。
有了，我踩在你的肩上，不就能爬上去了吗？然后我到上面，再想办法救你。
这倒是个好主意。

哎哟——
看来这回要饿死在这里了。
不会的，大王肯定会派人来救我们的。
万一大王发现不了这里，再过几天不饿死也会渴死。
早知如此，还不如不当强盗呢，我娘就我一个儿子，我这一出来就是好几个月，现在也不知道娘怎么样了。
我沒有娘，可我还有一个八十岁的老父亲，他一心盼着我有出息，可他万万沒有想到，他的儿子已经做了強盜了。

谁喜欢做强盗啊。
可是如今这世道，不做强盗咱吃什么？
谁在上面，快来救救我们。
你别做梦了，这深山老林的，谁会到这里来啊。
你别说话。
咱们有救了。

你救了我们，本该谢谢你，可你知道我们是谁吗？
知道。
那就不怕我们杀了你吗？
我母亲是不是被你们抓去了？
是又怎样？
你们也是母亲所生，做強盗也是迫不得已，希望你们能带我去见我母亲。
你这不是自投罗网吗？我们带你去见大王，可就是死路一条啊。看你救我们两个人的份儿上，我劝你还是赶快逃走吧。

哎，你们俩干吗呢？我说你们俩怎么半天没有回来，原来是抓到一个。
是啊，还啰唆什么，有钱就拿出来，没钱就杀了。
他是来找他母亲的。
你俩今天是怎么了？找母亲的多了，咱们可怜得过来吗？
就是，我看还是把他带回去，听大王发落吧。
哼，走！

大王，这就是那
老太太的儿子。
你果然来了，
佩服，有胆识。
娘。
革儿，你怎
么来了！
我来救您来了。
放肆，你眼里还有
没有大王啊？

说，带了多少钱来救你娘啊？
钱？我没有钱。
没钱你来干什么！
大王，我和我娘逃难而来，一路流浪，每天靠吃野菜野果度日，又哪来的钱呢？
你果真没钱？
果真没钱。
搜。
大王，这小子是真穷，一个钱都没有。

大王，我们什么都没有，请您放过我和我娘吧。
放过你们？没这么便宜的事。来人啊，给我拉出去砍了！
啊，革儿，你不能死啊，你们要杀就杀我这个没用的老婆子吧。
好啊，你也想死，来人啊，把这个老婆子一块儿砍了。
娘，娘——
大王，求您放过我娘吧，我娘年老体弱，已是风烛残年，大王，您就开恩放过她吧。您的大恩大德江革永生难忘。

至于我，要杀要剐随您的便，只求您放过我的老母亲。
那好吧，放了这个老婆子。
多谢大王，希望您能遵守诺言。
你放心吧，本大王向来说话算话。
娘，娘——孩儿不孝，不能为您养老送终了，孩儿走了。
儿啊，我的儿——

娘，您要保重啊！
革儿啊！
大王，刀下留人。
你是想为他求情吗？
大王，小的不敢，只是——
只是什么？
大王，您看这小子身体不错，不如——

不如让他入伙，跟咱们一起做強盗。
这倒是个好主意。
你说你叫江革是吧？看不出你小小年纪，还是个大孝子呢！
江革不敢。
我问你，你愿不愿意留下来入伙啊？
快答应啊，你要是留下来，将来就不愁吃喝了。

谢谢大王的好意，可
是江革不能答应。
别不识抬举，被
我们大王看上是
你的福气。
不是，不是。
怎么，看不
起我们？
我从小失去了父亲，孤苦伶仃，
母亲含辛茹苦把我拉扯成人，如
果没有母亲，哪会有今日的我。

革儿。
如果我随大王而去，留下孤零零的老母亲，兵荒马乱，举目无亲，母亲如何保全生命，如何度过余生啊？
大王，我娘年纪大了，腿脚也不好，需要有人在身边照顾，如果我随大王去了，我娘每天就会为我担惊受怕，我做儿子的怎么能忍心呢？
大王，江革恳请大王，念我有老母在，没有人奉养，能放过我，成全我的孝心，让我为我的老母亲养老送终，尽一个做儿子的本分。

娘，也不知您现在——
你起来吧。
大王，您答应放过我们了？
快起来吧，本大王答应你了。我也是有娘的人，这人心也是肉长的嘛。
多谢大王。
来人哪。
在。

快给大孝子的
母亲松绑。
这些银两和干
粮，你拿回去和
母亲度日吧。
谢大王，只是江革
不能接受。大王能
放过我们，江革已
经是感恩不尽了。
革儿。
娘。

结 语

盗贼平息后，母子辗转回到临淄。江革在这么艰困的环境当中还能脱险，为母亲做最好的孝养，由此可见，环境的好坏并不足以影响孝子的心。后来江革因为孝行被举了孝廉，皇帝还聘他为谏议大夫。

黄香温清

东汉黄香，字文强，江夏安陆人，自幼家贫。黄香九岁时母亲去世，从此便和父亲相依为命。黄香尽心尽力照顾父亲，夏天为父亲凉席，冬天为父亲暖被，受到世人赞赏，被举为孝廉，官至尚书令。

娘。

香儿，明天就是端午节了，娘给你缝了一个香囊，来，戴上吧。
眞香啊！娘，这里面放了什么啊？
这里面放了香草啊。
娘，这香囊是女孩子戴的东西，我是男子汉，才不戴这个呢。
香儿，你可知这香草有何用处？
自然是用来做香囊了。

这香草不但能驱虫避邪，而且还代表忠臣的意思呢。
真的？
是啊，连古代的士大夫都喜欢佩戴香草呢。
那娘就给孩儿戴上吧，孩儿今后也要做个忠臣。
这做忠臣可不是一朝一夕就能做的，香儿得先读好书，将来才有机会做忠臣哦。
娘，您就放心吧，香儿一定不会让爹和娘失望的。

娘，娘——
香儿！
爹！
香儿，饿了吧，走，
咱们回家做饭去！
爹，我帮您拿。

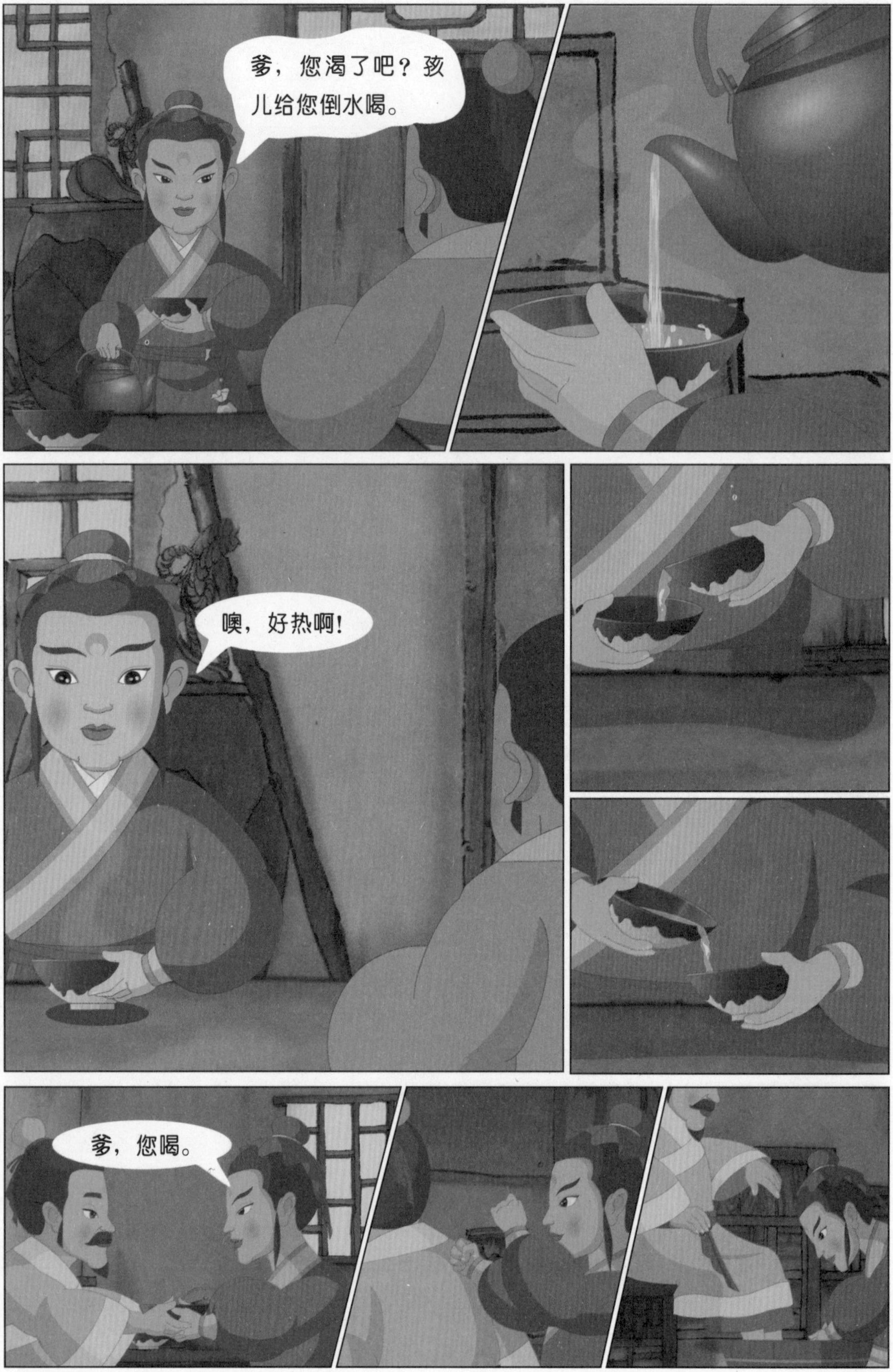
爹，您渴了吧？孩儿给您倒水喝。
噢，好热啊！
爹，您喝。

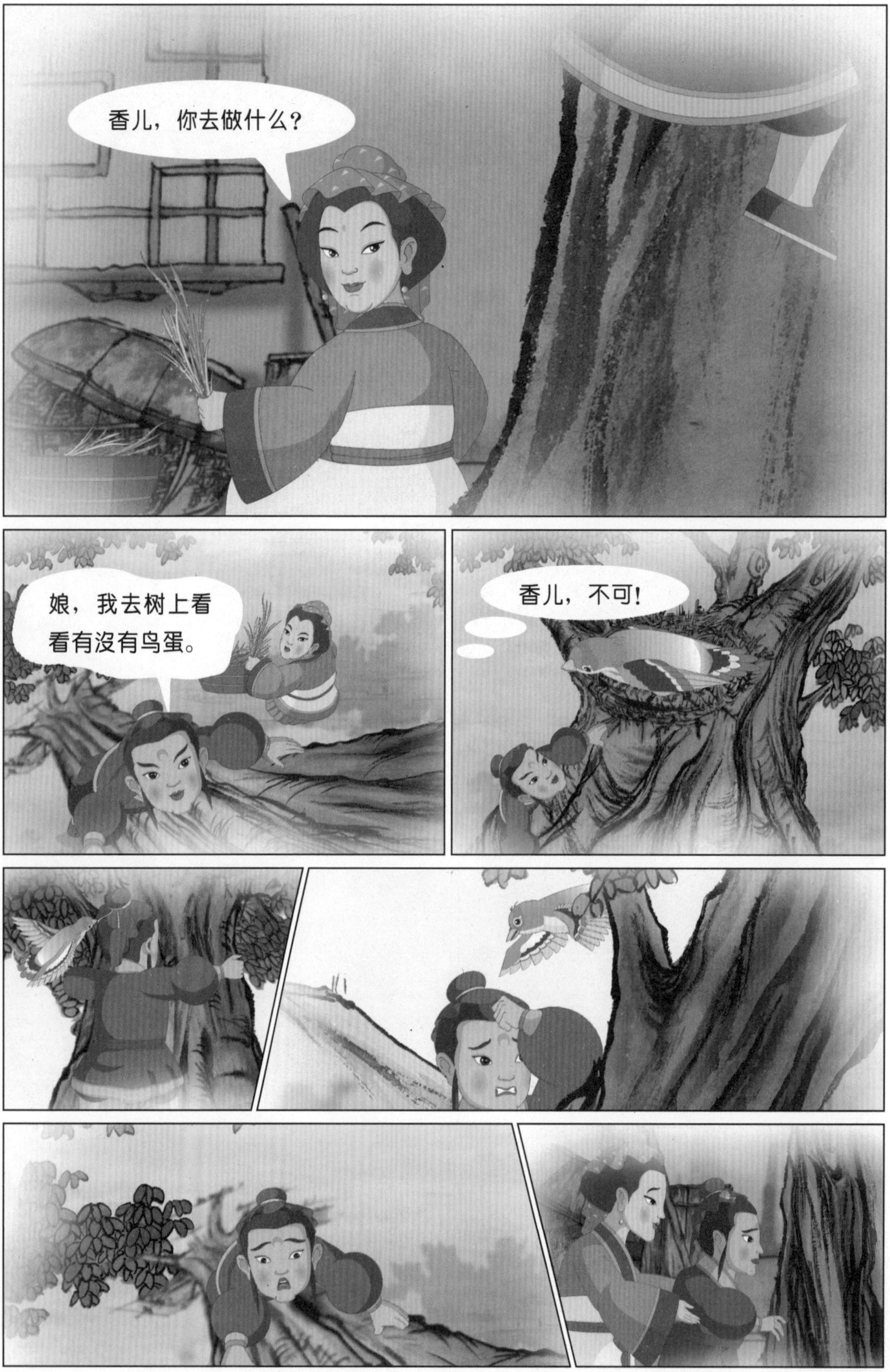
香儿，你去做什么？
娘，我去树上看看有没有鸟蛋。
香儿，不可！

香儿，你为什么要这样做？
孩儿是想轰走那只鸟，拿几个鸟蛋给你们吃。您和父亲平时总把好吃的留给我……
香儿，那鸟蛋就是鸟妈妈的孩子，你把鸟蛋吃了，鸟妈妈就失去孩子了，你说她会不会很伤心呢？
娘，孩儿没想到……
鸟儿、动物，都和人一样，小鸟小的时候，是鸟妈妈衔来食物，一口一口喂给它们，保护、养育着自己的孩子。

等小鸟长大了，鸟妈妈飞不动了，小鸟也会将食物送到妈妈嘴边，感谢妈妈的养育之恩……
香儿，你忍心破坏这样的一家吗？
娘，孩儿错了……
香儿，你是个好孩子，以后可不能这样做了。
娘，孩儿记下了！

小鸟都已经长大，可以报答妈妈。如今香儿也长大了，娘却不在了……
黄香！黄香！
大婶！
黄、黄香！你爹出事了！
什么？
我刚才去河边洗菜，看见你爹他……担水的时候晕倒了！

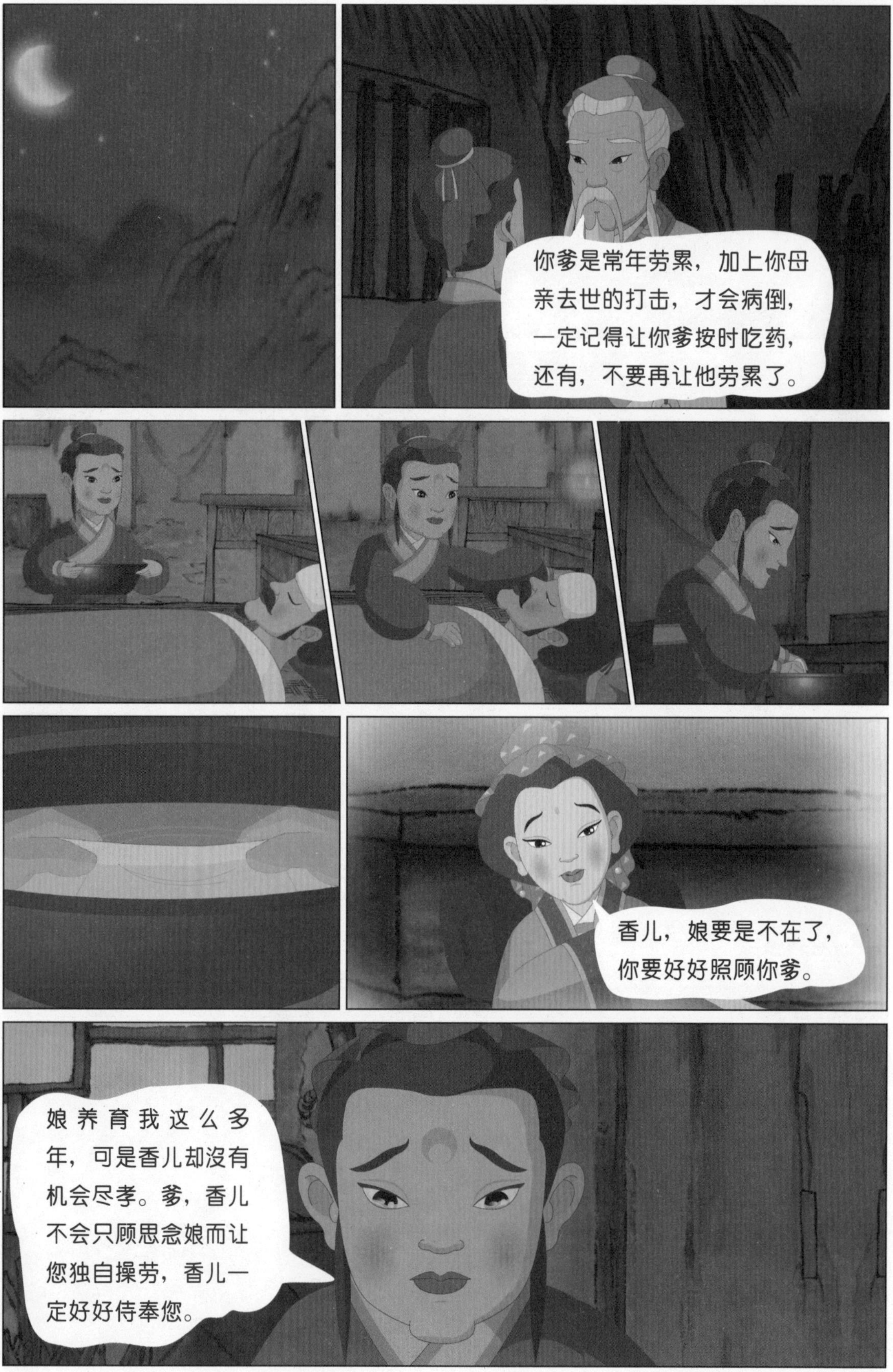
你爹是常年劳累，加上你母亲去世的打击，才会病倒，一定记得让你爹按时吃药，还有，不要再让他劳累了。
香儿，娘要是不在了，你要好好照顾你爹。
娘养育我这么多年，可是香儿却没有机会尽孝。爹，香儿不会只顾思念娘而让您独自操劳，香儿一定好好侍奉您。

爹，孩儿已经将药吹温了，您可以放心喝了！
嗯，好，好！
香儿，你这是？

哦，不碍事儿，是孩儿吃饭的时候不小心烫的。
爹，您怎么了，莫非药还是烫吗？
这药太苦了？
香儿，不是这药苦，是我的香儿命苦啊！
爹，您说什么呢。
别人家这个年纪的孩子都被父母疼爱着，可我的香儿已经懂得孝顺，知道照顾爹了。
爹——
嗯，香儿长大了，长大了啊——

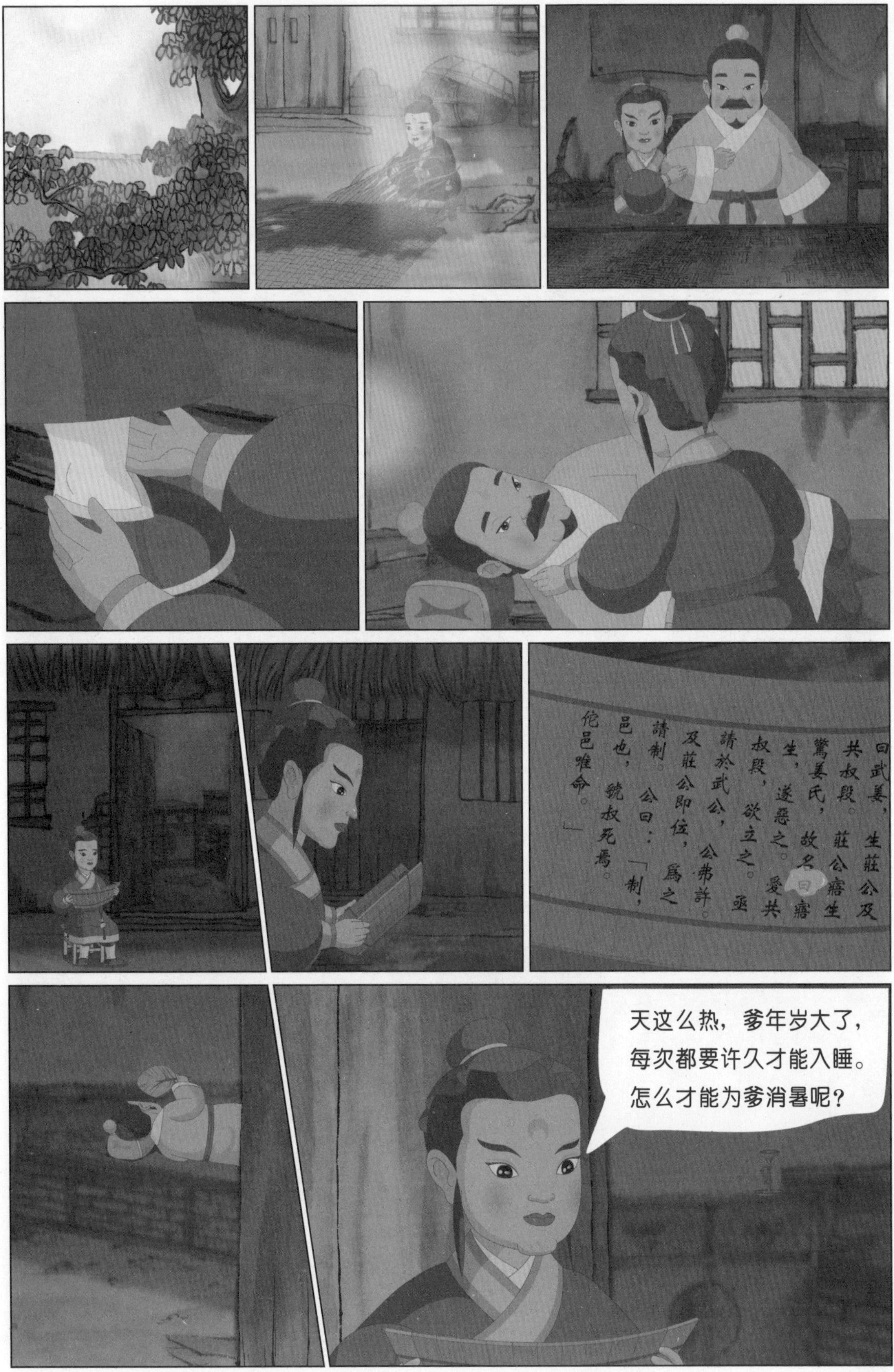
曰武姜，生莊公及
共叔段。莊公寤生
驚姜氏，故名曰寤
生，遂惡之。愛共
叔段，欲立之。亟
請於武公，公弗許。
及莊公即位，爲之
請制。公曰：「制，
邑也，虢叔死焉。
佗邑唯命。」
天这么热，爹年岁大了，每次都要许久才能入睡。怎么才能为爹消暑呢？

唉，这天，像下火了似的。
香儿，别扇了，看你满头大汗的，快歇歇吧。
爹，外面那棵大槐树下比较阴凉，您去那儿乘凉吧！
嗯，也好。你随我一起去吧！
爹，那里人太多，孩儿想在家好好温书！
好，香儿，那我去了。

哎，有了！我将席子扇凉，
爹晚上不就能睡个好觉了。
爹，您回
来了！
是啊，外面果然凉爽一些，
现在就想好好睡一觉。
啊，那太好了，
爹，快睡下吧！
今天这席子这
么凉快！

一定是乘凉回来，整个人都觉得凉爽的缘故。
嗯，说得有道理啊。
那以后您就天天都去乘凉。
好啊！香儿，不早了，你也快睡吧。
爹，您先睡吧，孩儿再读一会儿书就睡。

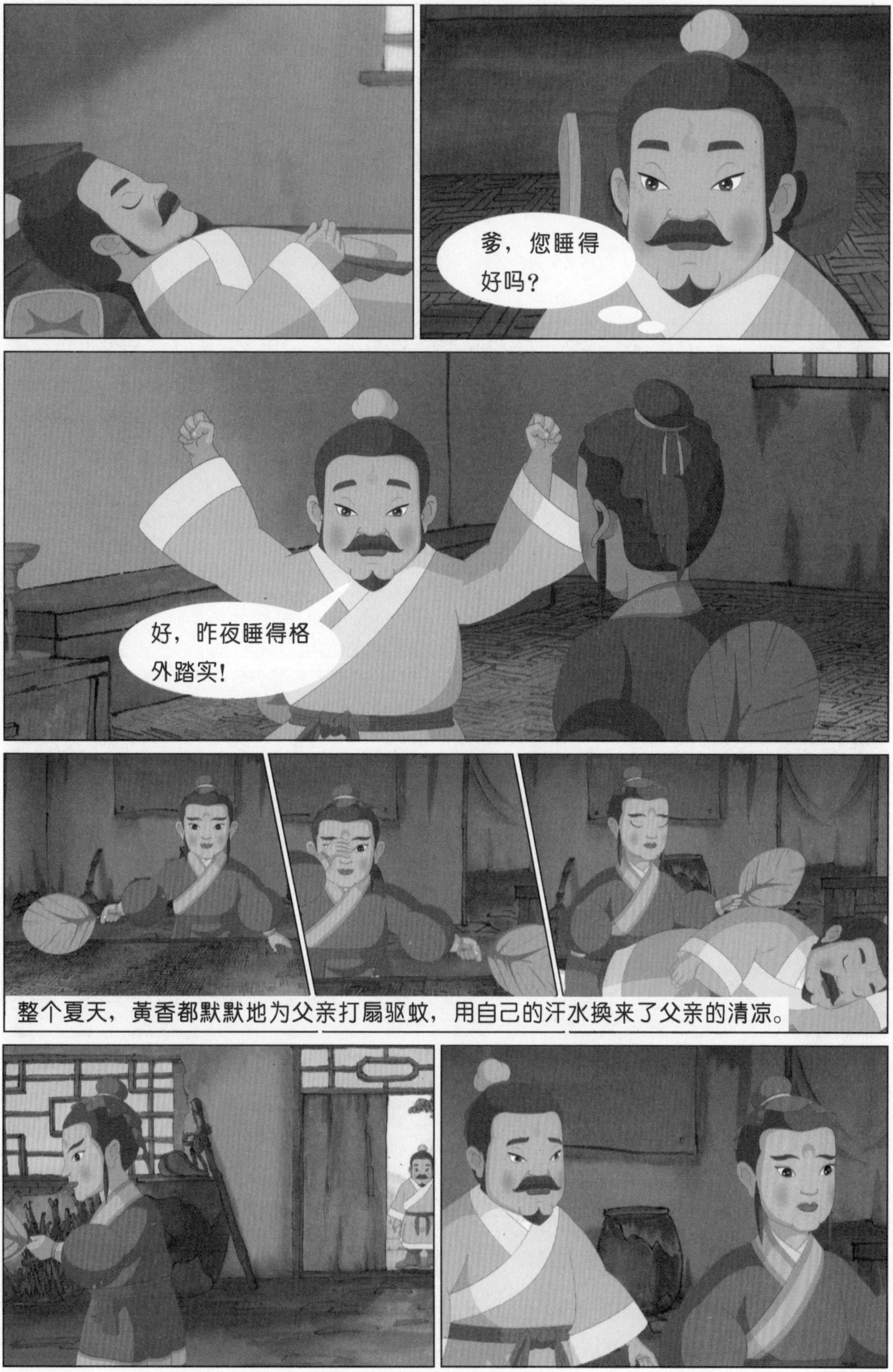
爹，您睡得好吗？
好，昨夜睡得格外踏实！
整个夏天，黄香都默默地为父亲打扇驱蚊，用自己的汗水换来了父亲的清凉。

咳咳咳。
爹，您怎么了？
爹，好点了吗？
没事儿，香儿，你快去读书，不用管爹。
爹，您可能是天冷着凉了。您等等，我去给您生一盆火烤烤吧。

香儿，你辛辛苦苦地劈了大半年的柴，还指望这大冷天卖个好价钱呢。
可总不能让爹受寒挨冻啊。
爹有你这么个知疼知热的孝顺儿子，真不知道是哪辈子修来的福气啊。
爹，您别这么说，这都是孩儿应该做的。
香儿，真是难为你了。

下这么大的雪了……
我这身体眞是不中用了。

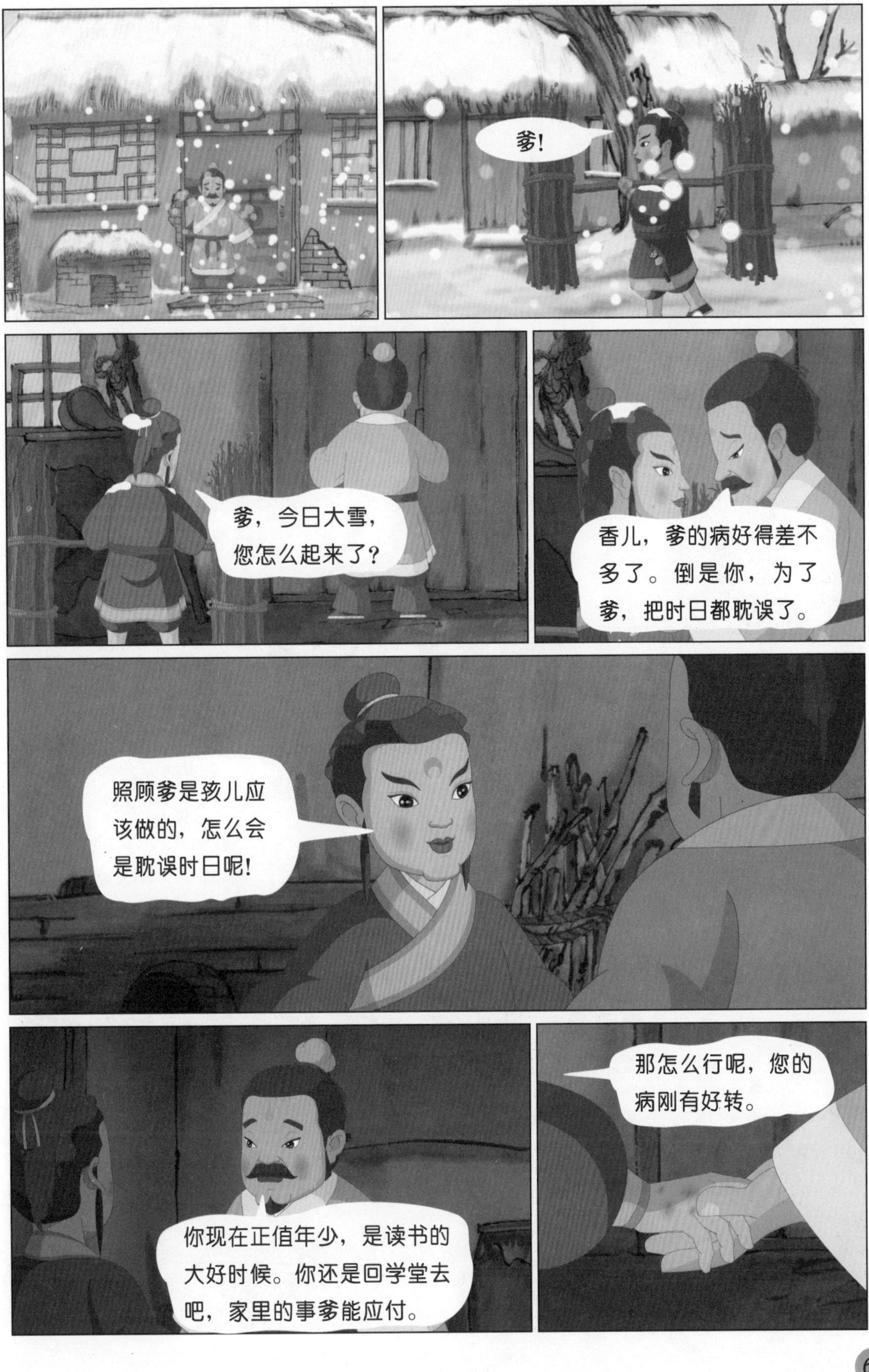
爹!
爹，今日大雪，您怎么起来了？
香儿，爹的病好得差不多了。倒是你，为了爹，把时日都耽误了。
照顾爹是孩儿应该做的，怎么会是耽误时日呢!
你现在正值年少，是读书的大好时候。你还是回学堂去吧，家里的事爹能应付。
那怎么行呢，您的病刚有好转。

爹的病已经拖累你太久了……
香儿正值年少，所以读书的事儿来日方长。
香儿，你娘临终的愿望就是希望你好好读书，能够学有所成，将来做栋梁之材。
爹，读书是为了明事理、炼心智。若是香儿学到最后连最基本的“孝”都做不到，还谈什么栋梁呢。
只要你去学堂好好念书，就是对我们尽了孝道了。
爹，您和娘对我有养育之恩，但是孩儿明白得晚了，没来得及尽孝，娘就……如今您又患病在身，孩儿理应细心照顾您。

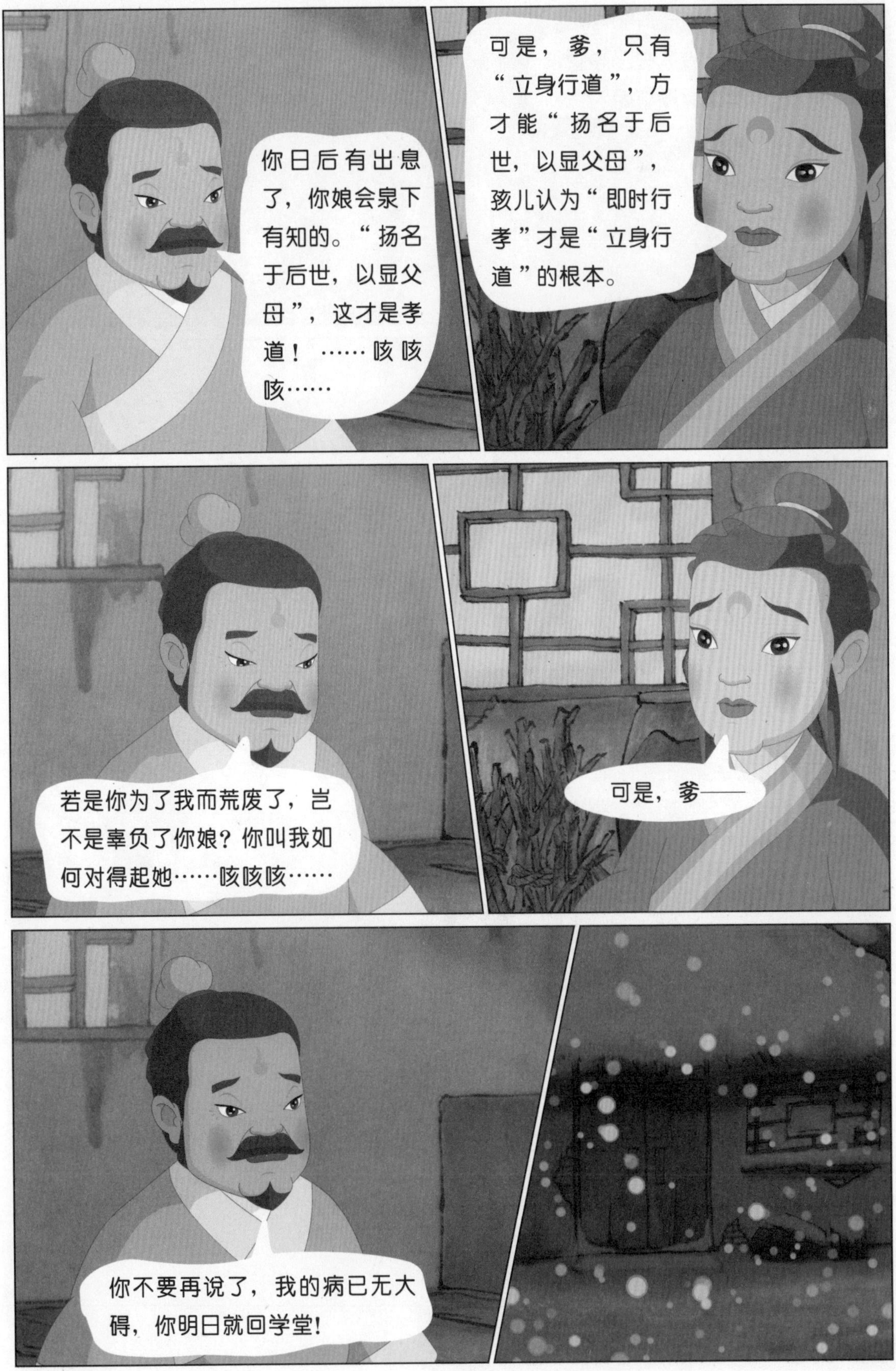
你日后有出息了，你娘会泉下有知的。“扬名于后世，以显父母”，这才是孝道！……咳咳咳……
可是，爹，只有“立身行道”，方才能“扬名于后世，以显父母”，孩儿认为“即时行孝”才是“立身行道”的根本。
若是你为了我而荒废了，岂不是辜负了你娘？你叫我如何对得起她……咳咳咳……
可是，爹——
你不要再说了，我的病已无大碍，你明日就回学堂！

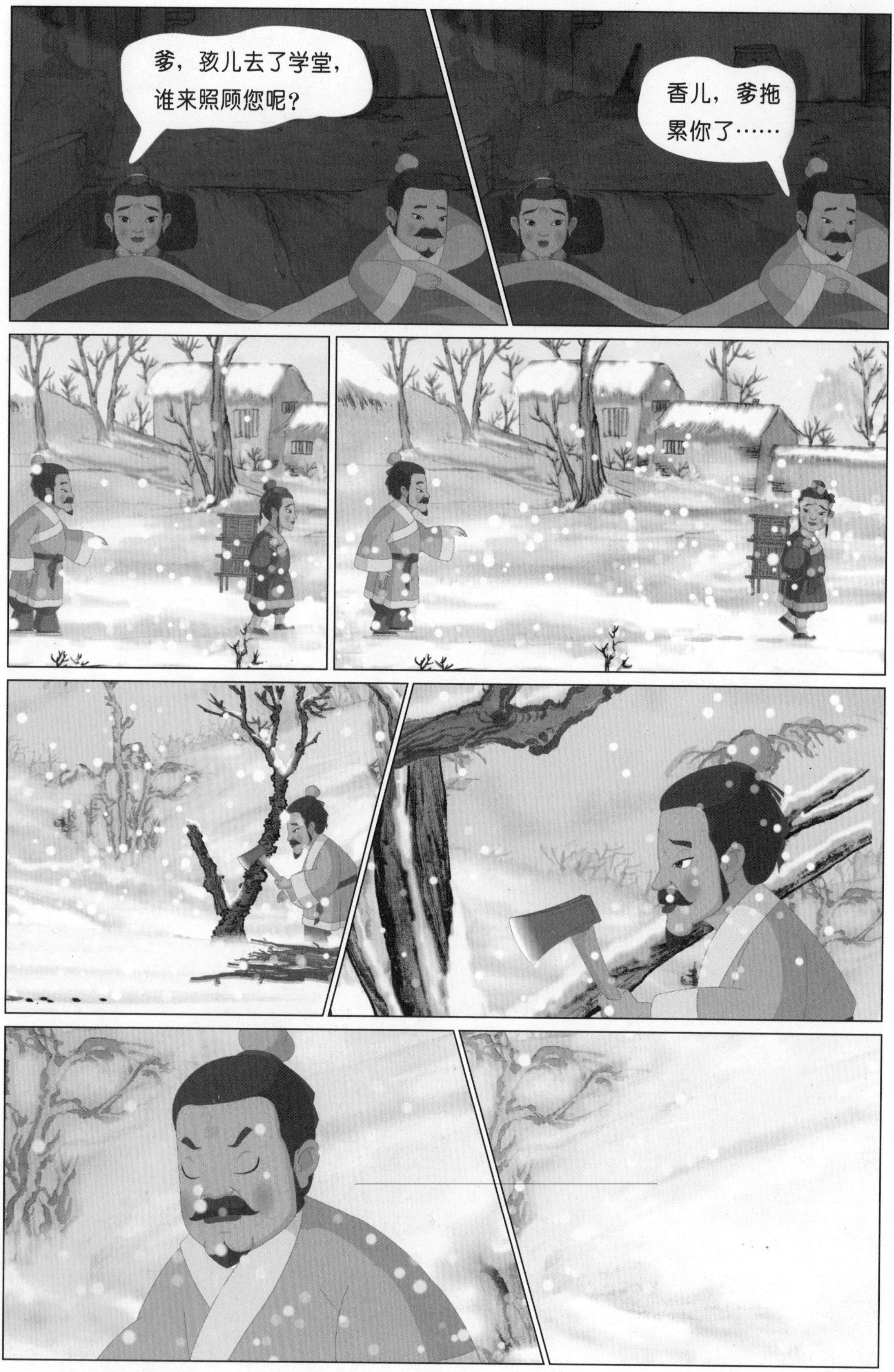
爹，孩儿去了学堂，
谁来照顾您呢？
香儿，爹拖
累你了……

爹！……爹！
爹！
香儿，爹好多了。
爹，天不早了，您等一下，孩儿给您铺被子去。

这被窝这么凉!
你爹着了寒气，旧病复发，恐怕又要调理一阵子，切记今后一定不能再受凉了!
鸟儿、动物，都和人一样。小鸟小的时候，是鸟妈妈衔来食物，一口一口喂给它们，保护、养育着自己的孩子。等小鸟长大了，鸟妈妈飞不动了，小鸟也会将食物送到妈妈嘴边，感谢妈妈的养育之恩……

爹，睡觉吧。
香儿，这——
爹，您快躺下睡吧。

香儿，你
这是？
哦，不碍事儿，是孩儿吃
饭的时候不小心烫的。
今天这席子
这么凉快！
一定是乘凉回来，整个人都觉
得凉爽的缘故。
整个冬天，黄香用自己的身体温暖着父亲
的卧床，也温暖着父亲的心。

结 语

多年以后，黄香的孝行，传遍了左邻右舍，传遍了江夏。当时有“江夏黄香，天下无双”的赞誉。黄香长大后做了尚书令，除了继续孝敬老父之外，还将一片爱心洒向百姓。善奉养者不必珍馐也，善供服者不必锦绣也，以己之所有尽事其亲，孝之至也。

陆绩怀橘

陆绩，字公纪，东汉末期吴郡吴县（今江苏省苏州市）人。自幼博闻多识、孝顺良善，做客三国名将袁术家中，怀橘三枚，归孝其母。童真孝心，令人回味。

哇，这儿有好多橘子！
娘，娘！您快来看啊，好多橘子！
橘子！绩儿居然找到橘子了，是从哪里找到的？
我在田边玩，看到旁边长了几棵橘树。

娘，您最爱吃橘子了。请吃吧！
自从咱们随你爹赴任搬到这淮北来，真的很少见到橘子呢！
娘，甜吗？
甜！绩儿孝顺，绩儿给娘找来的橘子，都是甜的！
那娘再吃！
娘，孩儿给您问早安！
娘，您怎么上火了？

爹，袁伯父真的到了九江？
是啊！记住，你袁伯父可是大将军，爹带你去拜见他，可不许乱说话！
是的，爹！爹，九江有橘子吗？
九江在淮南，淮南柑橘淮北枳，咱们淮北长出来都是酸涩的枳，是橘类的最下品，而从淮南土地上长出的是甜甜的柑橘！
怪不得娘会上火，这才是真正的柑橘！

袁兄!
哎呀，陆老弟，远道而来，为兄有失远迎，惭愧惭愧!
小弟与袁兄多年未见，袁兄功业已威震天下，真令小弟无比仰慕啊!
陆老弟怎么如此客气！这么多年不见，为兄实在想念你啊，今天咱们要好好叙叙旧、痛饮一番!
好！小弟期盼已久啦！哈哈哈……

哟！这就是绩儿吧？
袁伯父好！
几年不见，绩儿都长这么高了！
袁伯父，您还是那么精神！
哈哈哈，这孩子真会说话！来，陆老弟咱们坐下说话。
绩儿今年多大了？
回袁伯父，绩儿今年六岁整！
呵呵，这孩子真是越长越机灵了！说话字正腔圆、有礼有节，来呀，赐坐！

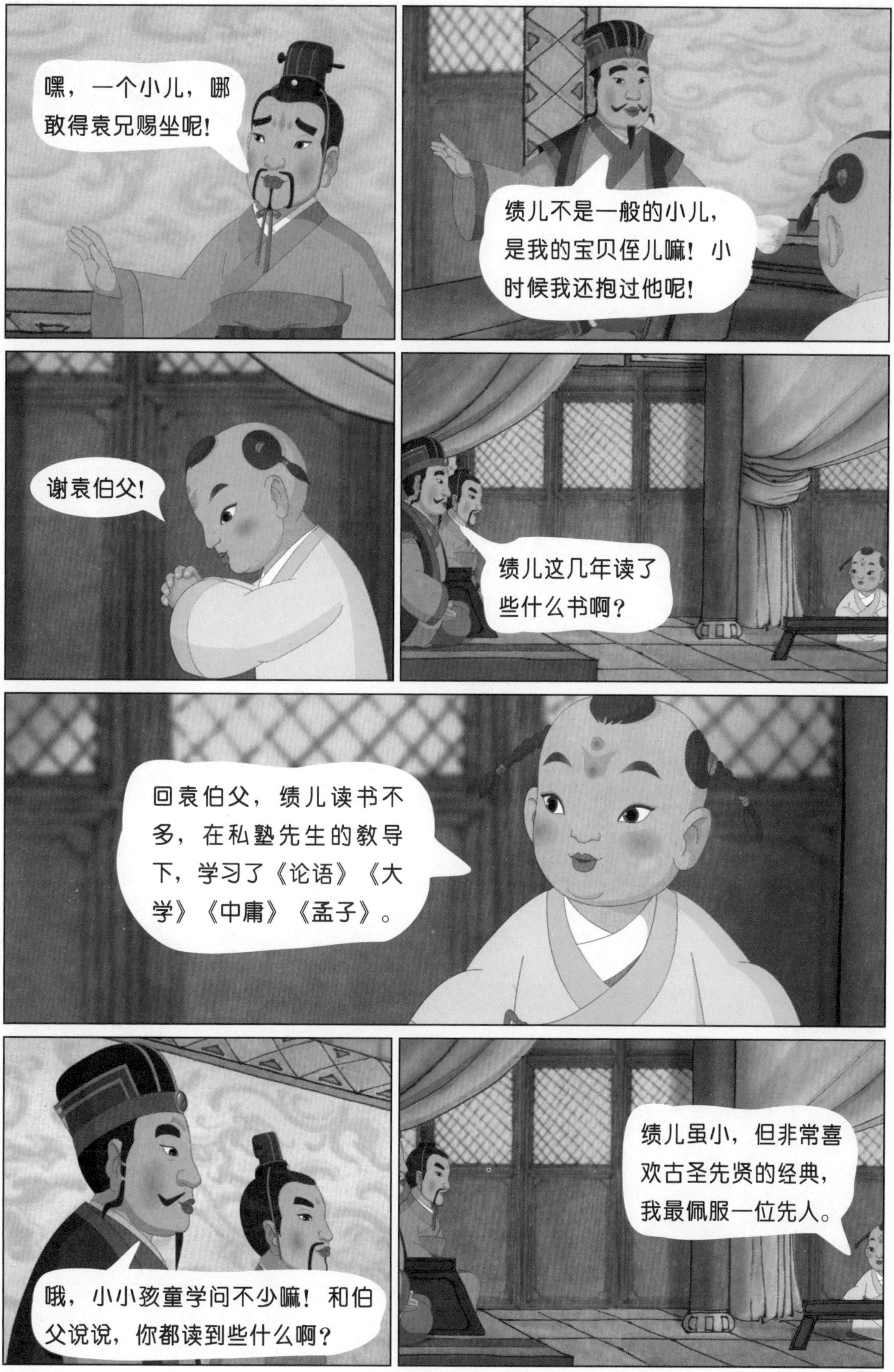
嘿，一个小儿，哪敢得袁兄赐坐呢！
绩儿不是一般的小儿，是我的宝贝侄儿嘛！小时候我还抱过他呢！
谢袁伯父！
绩儿这几年读了些什么书啊？
回袁伯父，绩儿读书不多，在私塾先生的教导下，学习了《论语》《大学》《中庸》《孟子》。
哦，小小孩童学问不少嘛！和伯父说说，你都读到些什么啊？
绩儿虽小，但非常喜欢古圣先贤的经典，我最佩服一位先人。

呵呵，是谁呢？
管仲！先生说，当年管仲不用兵车就能九合诸侯、一匡天下。
哦，那依你看，他凭的是什么统一了天下呢？
圣贤典籍上说，他用的是文治和德行的感召。孔子曰："远人不服，则修文德以来之。"先生给我们讲过，如今也是乱世，诸雄争起，如果不心怀道德，只崇尚武力、祸害百姓，是很不明智的做法。
嗯？来了个小孩！

你……长辈面前，要谦虚有礼，爹还特意嘱咐你不许乱说话，小小年纪就夸夸其谈。
哎呀，此乃异童啊！
没想到几年不见，我这侄儿竟长成如此天资禀异，小小孩童能通达天下之势，令伯父大开眼界啊！
袁伯父，侄儿无知，请您原谅！
不不不，说得很有道理！早闻侄儿聪明伶俐，今日一见，果然名不虚传！来呀，快上淮南名产柑橘给侄儿尝尝！
橘子！

绩儿，伯父就不招呼你了，你自己慢慢吃，我和你爹到內室拉拉家常。
谢谢袁伯父盛情款待。
唉，让袁兄见笑了！
谢谢老婆婆！

这就是娘说的
淮南柑橘吗？
老婆婆，请
您也吃！

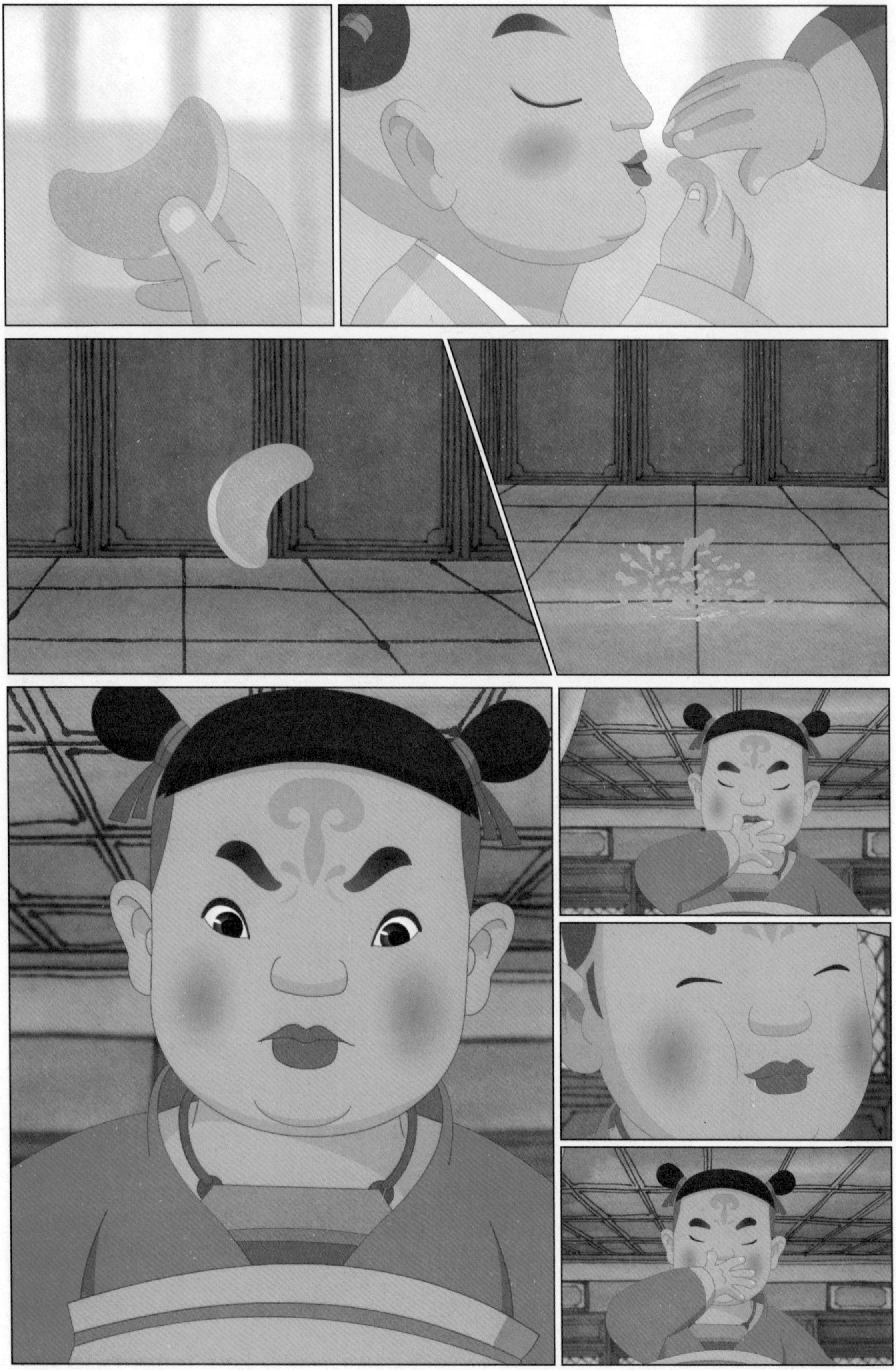

这柑橘是我的！
你……你是谁？
我你都不知道？我是我爹的儿子！
你…… 你是袁术大将军的儿子？
哼！告诉你，这些柑橘都是我爹买给我的，你不许吃！这些都是我的！

乐儿！
你对客人怎能如此无礼！快把柑橘还给绩儿！
爹，你不是说过这柑橘都是买给我的吗，别人谁也不许吃的。
爹是买给你的，可是你也应该有待客之道啊，尽给爹丢脸！
算了，看你小气的样子，来人呀！再去给绩儿买些柑橘回来！
袁乐哥哥对不起，我不知道橘子是你的。

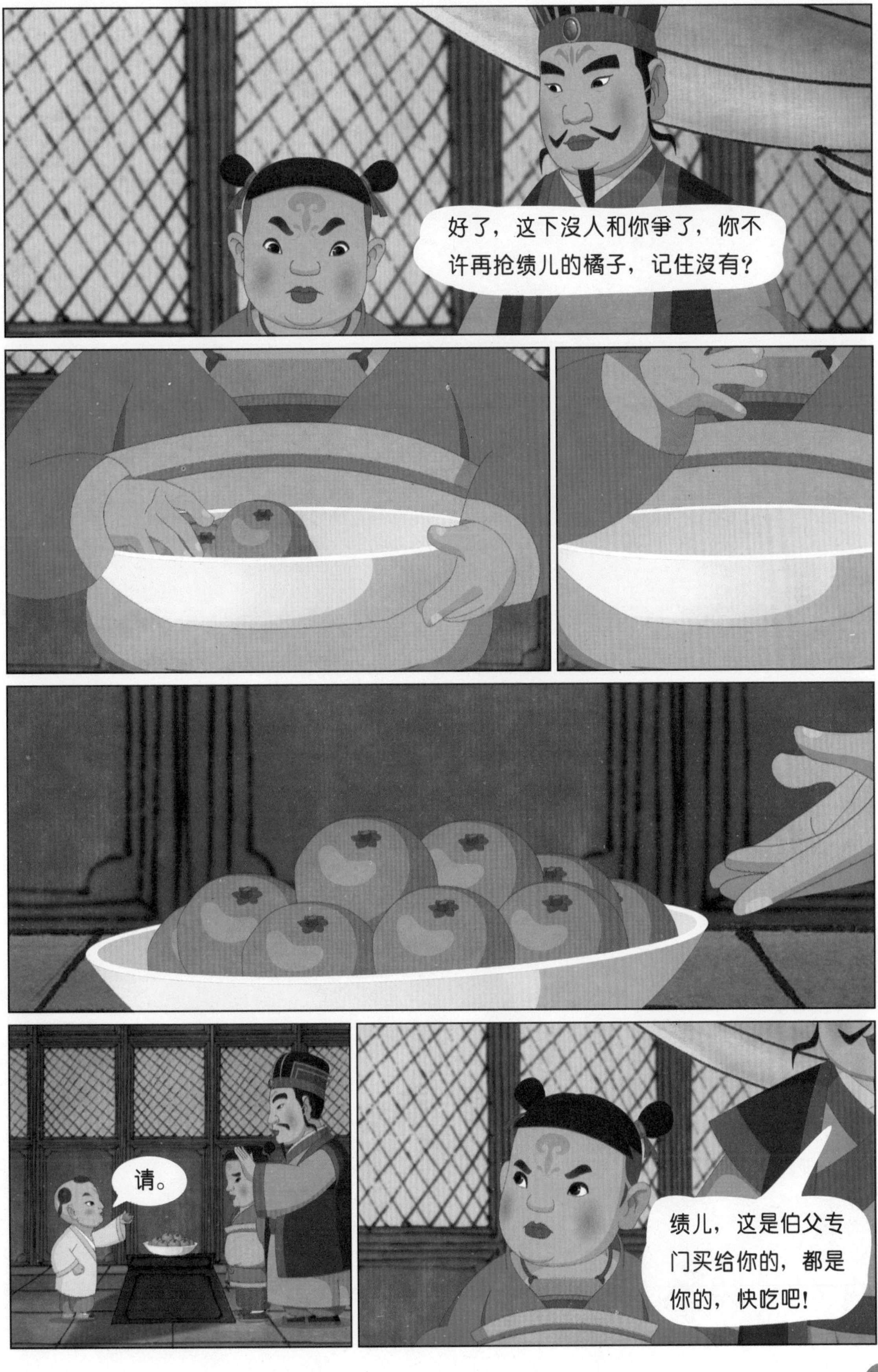
好了，这下没人和你争了，你不许再抢绩儿的橘子，记住没有？
请。
绩儿，这是伯父专门买给你的，都是你的，快吃吧！

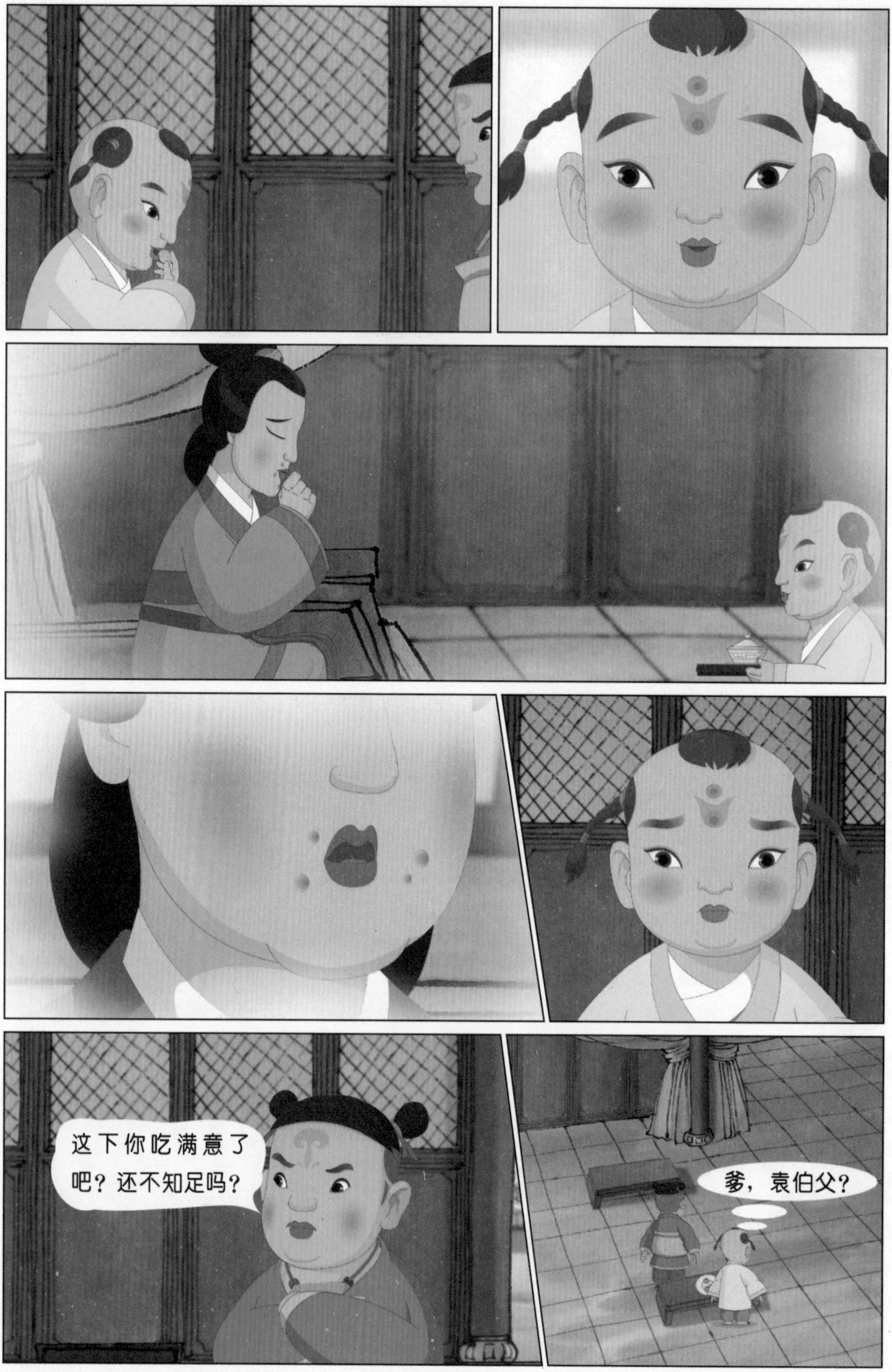
这下你吃满意了吧？还不知足吗？
爹，袁伯父？

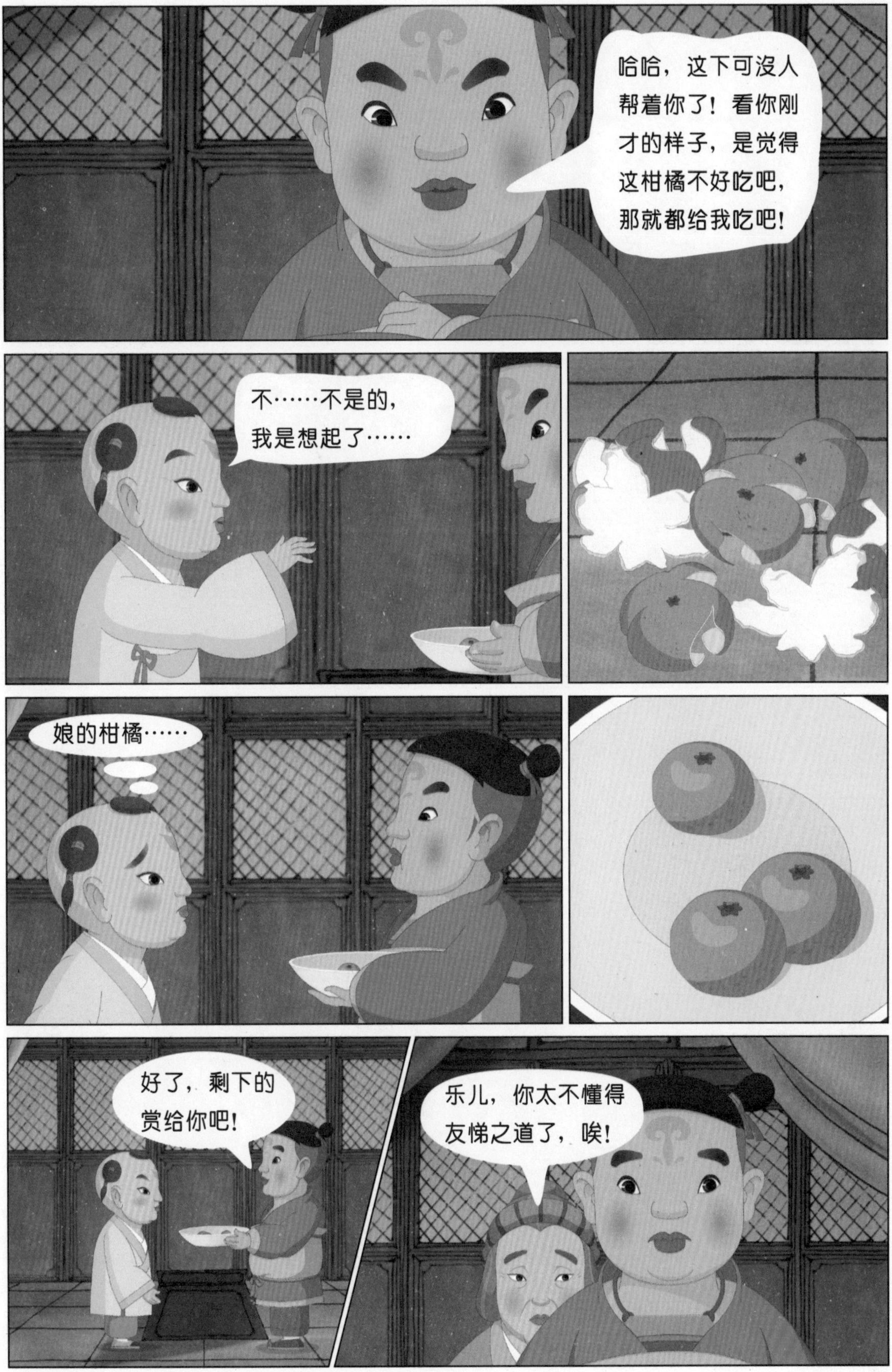
哈哈，这下可没人帮着你了！看你刚才的样子，是觉得这柑橘不好吃吧，那就都给我吃吧！
不……不是的，我是想起了……
娘的柑橘……
好了，剩下的赏给你吧！
乐儿，你太不懂得友悌之道了，唉！

什么！我
怎么了！
袁乐哥哥，待婢仆
应当慈而宽，老婆
婆也是长辈啊！
我……哼！
哎哟，我的肚子……

我……我要跟袁伯父和爹说一下。
喂！你吃完没有？陪我一起玩儿！
你快点呀！

哇！这是大雄宝殿吗？这么大！
这是我的房间！你的房间听得见回声吗？
可是，你怎么有这么大的屋子？
这大屋子本来不是我的，是我爹把……
老婆婆！

老婆婆，我
帮您拿吧！
喂！我是让你陪我玩儿
的，不是帮她干活的！
老婆婆虽然是仆人，可她也是
别人的父母，对待她要像对待
自己的父母一样，袁乐哥哥，
我待会儿再陪你玩儿好吗？
有什么了不起，
我自己玩儿去！

陆老弟这就走了？我已经命人备下酒宴，陆老弟不吃过饭再走，为兄唯恐招待不周啊！
多谢袁兄！可内人身体不适，我一定要尽快赶回去，还请袁兄见谅！
那……也好！
绩儿？绩儿！
绩儿！乐儿！绩儿！乐儿！……

老婆婆，您吃个橘子吧，润肺去火的。
不了，孩子，你真是个心地善良的好孩子！
老婆婆，您拿着……
喂，陆绩！你干完活没有？我一个人玩儿实在太没劲了！
你怎么了？
没什么，袁乐哥哥，你看老婆婆身体那么不好，咱们一起帮助她干活吧。
帮她干活？

袁兄，你这屋子可眞不小啊！
哪里，这是乐儿的房间。
让我想想还有哪儿没找到，好像都找遍了！
袁兄，那里好像还没找过！
老弟啊，这里是厨房嘛！咱们别再耽误时间了，去外面找找吧。
加油，加油！

爹。
哎呀，绩儿，你怎么跑这儿做这种粗活来了！
乐儿，你怎么也跑来了！
老弟啊，实在对不住，为兄真是招待不周啊！
不，袁伯父，先生说，帮长辈做家务是应尽的孝道。老婆婆行动不便，我更应该帮助她！
爹，我才发现拉风箱也挺好玩的！
闭嘴！

绩儿真是个心地善良的孩子！可她哪里是什么长辈，她就是个仆人嘛！
爹，她不是婆婆吗？只是我们都把她当仆人而已！
袁乐哥哥，老婆婆是你的祖母？
老仆不敢！老仆只是袁大将军一个远房亲戚，早年受恩于将军，无以报答，如今年迈，承蒙将军不嫌弃收留老仆。老仆只求有口饭吃，甘愿做牛做马报答将军一家！

老人家，
您慢点！
晚辈平时太忙，对您有
所疏忽，您先别干活
了，回屋休息一下吧。
爹，您为什
么要瞪我？
陆老弟、侄儿，还是
我来搀扶老人家吧。

绩儿、乐儿，你们先出去一下。
袁兄啊，老弟我有句话不知当讲不当讲。
你我兄弟多年，有何话不能直说，老弟但说无妨。
老弟见识浅薄，说话有不当之处，还请袁兄见谅。古代圣哲有云：“损人而益己，身之不祥；弃老而取幼，家之不祥。”

为人父母如果以身作则，孝顺长辈，孩子就会起而效法，孝道家风就会代代绵延，对后代子孙的影响可是不可估量啊！
老弟说的也不无道理。可是我家有钱有势，将来我儿子还要当大官，这才是这个世道最现实的啊。
可孝是众善之始，君子之事亲孝，故忠可移于君。如果连做人最根本的德行都培养不好的话，上不忠君、下不爱民，机遇越好，祸患越大啊。
好吧，今天我就让老人家搬到乐儿的大屋。这间破屋就……就改做柴房或马棚吧！

将军，老仆还是自己走吧。
老人家，从前晚辈怠慢了您，晚辈已经向您道过歉了，难道您还不能原谅晚辈吗？
大将军……
老人家，从现在开始，您千万别再自称老仆，您是我的长辈啊！
爹，我还有一件事。
放肆！

爹，这破屋子能别做马棚吗？我还要留着呢！
你到底想干吗？
你说过人老了就不需要再住好房子了，那破屋子留着等你老了好住进去啊！
家之不祥，眞乃家之不祥！

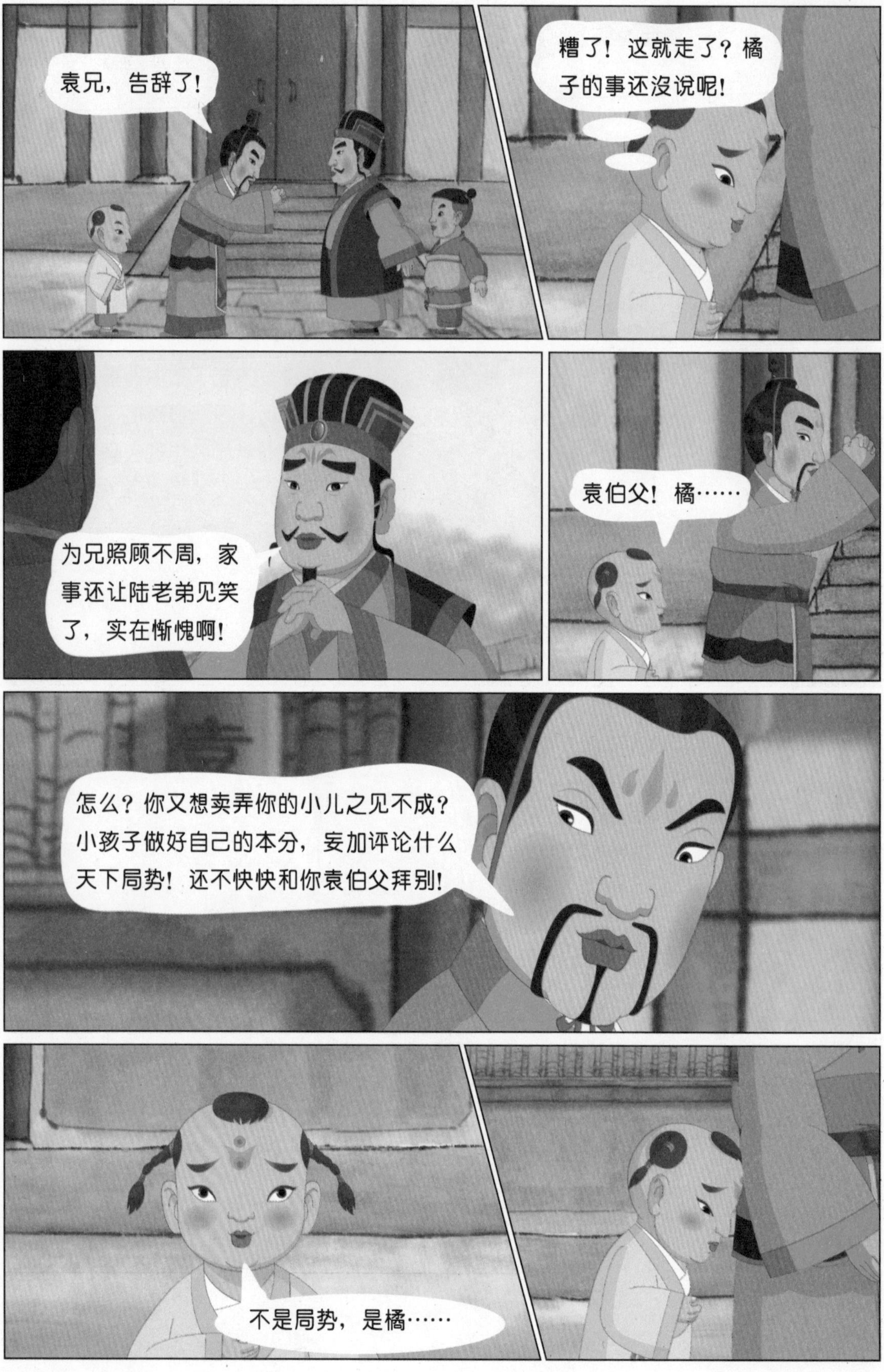
袁兄，告辞了！
糟了！这就走了？橘子的事还没说呢！
为兄照顾不周，家事还让陆老弟见笑了，实在惭愧啊！
袁伯父！橘……
怎么？你又想卖弄你的小儿之见不成？小孩子做好自己的本分，妄加评论什么天下局势！还不快快和你袁伯父拜别！
不是局势，是橘……

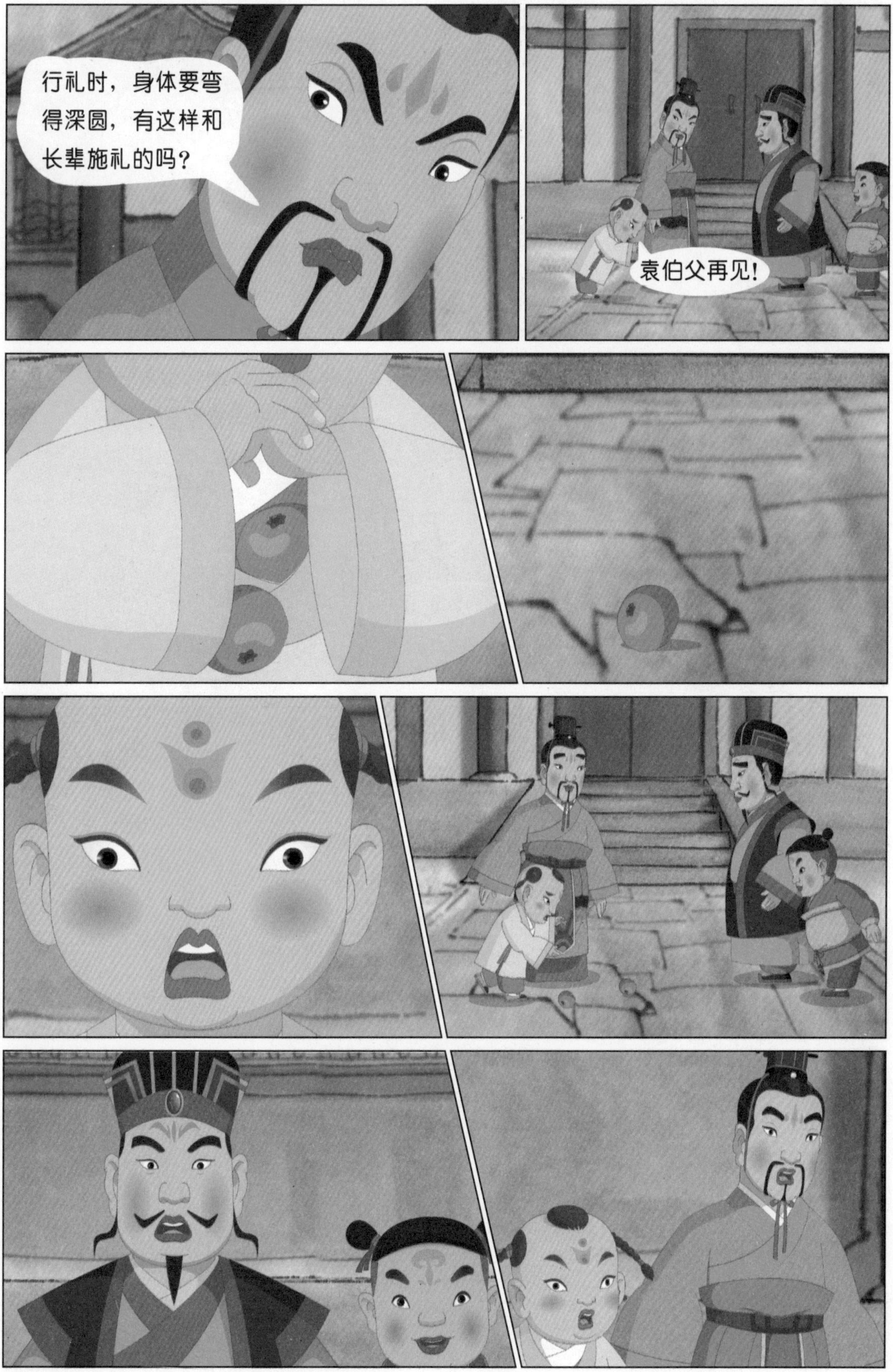
行礼时，身体要弯得深圆，有这样和长辈施礼的吗？
袁伯父再见！

爹，他偷橘子！
怪不得他老摸肚子，原来早就揣着橘子了！
不，不是的！我，我只是……
逆子！不事先征求同意就拿走橘子，是偷窃的行为，你怎么能如此贪得无厌，不知廉耻？
陆老弟言重了！这些橘子本来就是给绩儿的嘛，怎么是偷呢！
那是给他吃的，不是让他拿走的！
橘子虽小，也不可以私自藏匿，占为己有，你太让爹娘失望了！

陆老弟千万别这么说，他还是个孩子嘛！
绩儿啊，袁伯父给你的橘子，你怎么没都吃了呢？
我……我舍不得，想给母亲拿些回去。
母亲？这是为何？
因为母亲很喜欢吃橘子，可是我们淮北的橘子很难吃，母亲说那叫枳，结果母亲吃了就上火了。
哎呀，陆老弟，你家绩儿真是与众不同啊！吃个小小的橘子，竟也能想着母亲，小小年纪，对天下大事也是颇有见解……
唉，为兄真是惭愧啊，再看我那小冤家，什么都不懂！

袁兄，你别帮他辩护！
不，陆老弟，在小小一个六岁娃娃的心目中，母亲是可敬的，儿子孝顺母亲，天经地义，没什么见不得人的。我倒是觉得这橘子他拿得好啊，这正是他纯孝的表现！倒是我这个当大人的，实在惭愧哟！
袁兄这就折煞老弟了，本是我这逆子失礼在先，在您家又生出刚才那许多事端，我……唉！
爹教训的是，孩儿给爹丢脸了，孩儿以后绝不再私藏他人之物了！
哪里，绩儿，既然你母亲爱吃橘子，我就多送你些！
去，把剩下没吃的橘子都拿来！

拿好！
啊，陆老弟，回去以后，替我向弟妹问好，她教出了一个好儿子！我看哪，日后定是栋梁之材！哈哈哈……
咦？你还愣着干吗，还不快去拿橘子！
橘子……橘子没了。
我不买了很多吗？绩儿就只拿了三个啊！
我……我给吃了。
什么！你……
陆老弟！

结 语

“当年橘子入怀日，正是天真烂漫时，纯孝成性忘小节，英雄自古类如斯。”陆绩幼年的纯孝触动了袁术。而君子之事亲孝，故忠可移于君。陆绩在成年后，果然博学多才，成为了德才出众的一代名臣。

孝绪得参

阮孝绪，字士宗，梁陈留尉氏（河南尉氏）人，生于齐高祖建元元年，南朝梁目录学家。阮孝绪从小被过继给伯父做儿子，对伯父一家恪守孝悌之礼，后生母病重，孝绪历尽艰险最终孝感动天，得到救命药人参，救了母亲的性命，后被传为一代佳话。

老爷，孩子已经百天了，该给孩子起个名字了吧。
嗯，就叫他孝绪吧。
孝绪？这名字好听。乖宝宝，你有名字了呢，小孝绪，你可要快点长大哦。
老爷、夫人，公子的堂伯父和堂伯母贺喜来了！
快快有请！

这孩子的眼睛大而有神，将来一定是个可塑之才啊！
看你笨手笨脚的，孩子也不会抱，来，快让伯母抱抱，宝宝真乖。
大哥，您怎么不高兴？可是因为弟弟怠慢了兄嫂？
弟弟多心了，为兄是因为……因为……
却是为何？

唉，看你们都有两个儿子了，眞让人羡慕。我和你大嫂已年近四旬，可是竟无子女承欢膝下，每每想起，心中难免……
不如这样，就将绪儿过继给哥哥如何？
眞的？弟弟当眞舍得？
当眞舍得。
此事还是先暂缓几年吧。若这几年內我和你大嫂再无子女，那时过继也不迟。
嗯，也好。那就这么定了。

孝
爹，娘！

娘，谢谢您每天给我讲故事。
傻孩子，谢什么啊，娘愿意给你讲故事。
我最喜欢听那些圣贤人小时候的故事了。
是啊，孩子，做人一定要像古圣先贤那样，尊师长，亲兄弟，孝父母，这样才是娘的好孩子，知道吗？
嗯，娘，孩儿知道了。孩儿一定孝敬您和爹，不惹你们生气。
嗯，娘知道绪儿最乖了。
咳咳咳。
绪儿，你爹回来了。

爹——
哎——
瞧你，又惯着孩子了，腰还没好呢，怎么又抱孩子了！
不碍事儿，以后绪儿长大了，想抱都抱不动了呢。绪儿，是不是啊？
是啊，爹。等孩儿长大了，爹就老了，走不动了，到时候孩儿就天天背着爹出去晒太阳。
我的好儿子，爹没白疼你啊！
哎哟！

爹，来，您坐。我给您揉揉。
这孩子真懂事啊！
是啊，这孩子一教就懂，聪明得很，也很孝顺。
爹，您不是说从今天开始要教孩儿学习“五经”吗？
孩子还那么小，可别累着孩子啊。
娘，您放心吧，累不着的，孩儿喜欢学。
好，那咱们现在就去书房吧。
唉，看这父子俩啊！

回殘竹帶

大夫，我哥哥他怎么样，有没有事？
姑奶奶、公子，这段时间多陪陪老爷吧，把想说的话想做的事都了了吧，怕是时日不多了，有个心理准备吧。
送大夫。
是，姑奶奶。
病人要多休息，大家不要都在房里，这样病人休息不好。
大家都出去吧。

绪儿。
爹——
儿啊——
爹，我在，儿在这里。
儿啊，爹恐怕是时日不多了，这个家就全靠你了。
爹，不会的，您一定会长命百岁的，儿还没能好好孝敬您呢！
我自己的身子骨，我清楚得很，你们啊，就别再瞒我了。

爹，大夫说您吃了药，休养休养就好了。
儿啊，听我一句，如果我走了，你一定要撑住这个家啊！
爹，您一定会没事的，您还没看我成亲呢，您还没抱上孙子呢！
孙子……孙子，怕是抱不上了。孝绪，如果爹去了，记得把床底下那个暗格里的家当放好，爹没什么好的留给你，只能留点吃饭的本钱给你。
记住爹的话，一定要做个有用的人，该帮助别人的时候，再多的钱也不要吝惜。
爹，我不要您的钱，我只要您健健康康的。如果您真的不在了，我要再多的钱也没有意义了。连您的健康都留不住，要它何用！
唉——

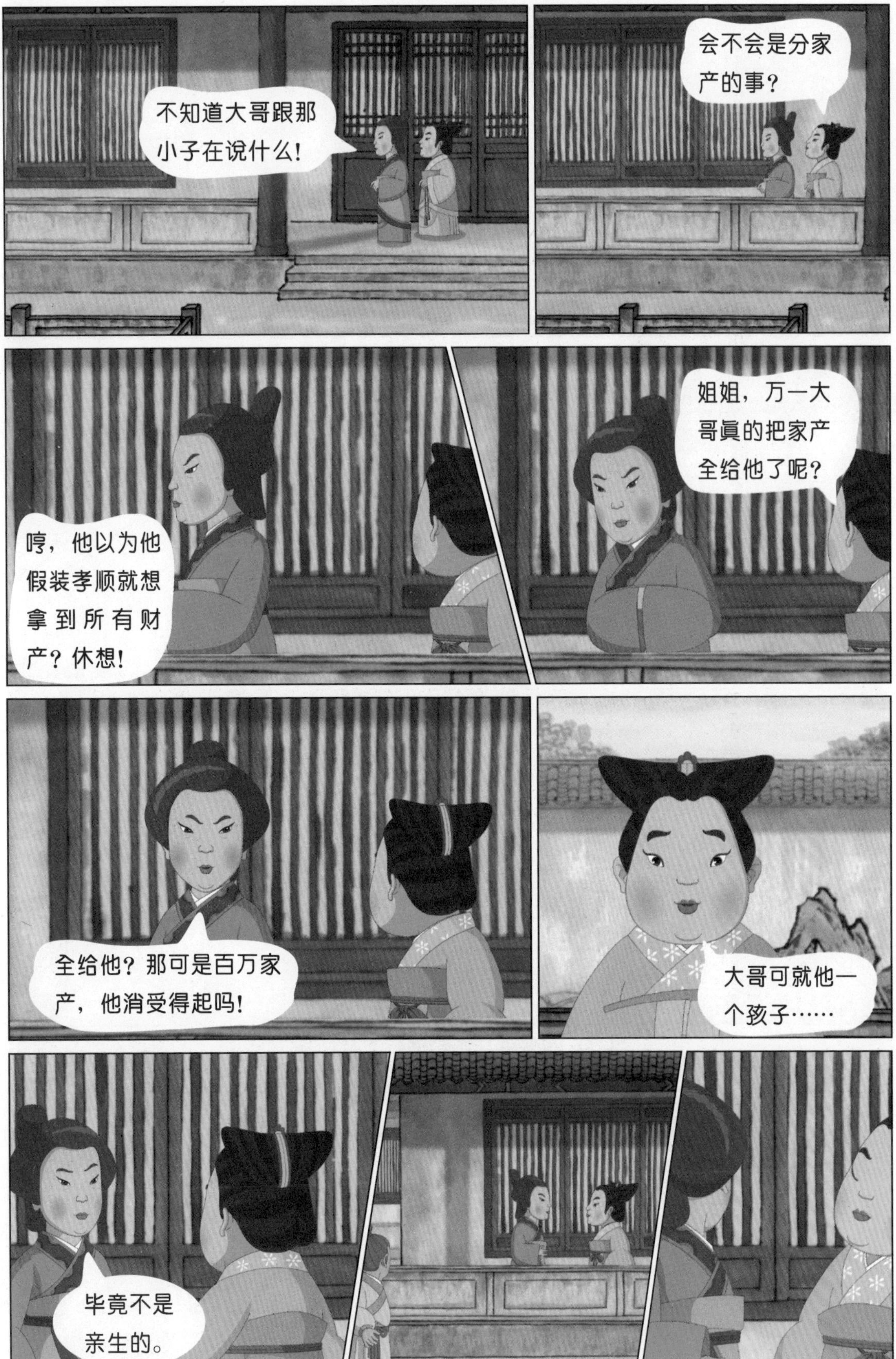
不知道大哥跟那小子在说什么!
会不会是分家产的事?
哼,他以为他假装孝顺就想拿到所有财产?休想!
姐姐,万一大哥真的把家产全给他了呢?
全给他?那可是百万家产,他消受得起吗!
大哥可就他一个孩子……
毕竟不是亲生的。

爹，吃药了，来——
爹，慢点！
儿啊——
爹，儿在，您想说什么？

儿啊，别擦了，
我的时间到了。
爹，您不要
这样说！
儿啊，我看见你
娘在唤我了！
爹，爹——
爹——您怎么就舍得
扔下孩儿一个人……

做戏做到这份儿上，也真够辛苦他的了。
什么？
我就不信他真的那么孝顺，瞧乡亲们把他传得天上有地下无的，依我看，他肯定是巴望着大哥的家产。
喏，你看，平时也没见这姐俩来过，这时候倒来了，八成是冲着财产来的吧。唉，这人死了还不得安宁。
唉，还好，这孩子孝顺，夫妇俩生前也算是过得开心。

是啊，这样孝顺的孩子难得啊，明知道不是自己亲生的爹娘，却能这样日夜服侍，真的不容易啊——还要承受这样的闲言碎语，唉，造孽啊！
看看，这些人都被他糊弄到什么程度了！
你说，这大哥一句话都没留……
趁各位乡亲、长辈都在，我有一事要说明。爹生前留下百万家产，这些财产于我已无任何意义，不可能换回爹娘的性命了。如果两位姑姑不反对，我就将书房里的书带走，至于这百万家产，两位姑姑都是爹的至亲，理应属于她们。
处理完养父的丧事后，阮孝绪就把家产均分给了两个姑姑，带着一车书籍，独自一人搬回了生母身边。后来，阮孝绪又去钟山听讲学。

三弟，娘病成这样，我还是去钟山把你二哥找回来吧，你留在家里照顾娘。
嗯。
别……别去找他了。他经历那么多坎坷，如今就让他在钟山安静地学习吧，我……我这把老骨头还能挺住。
娘。
听娘的话，孝绪这孩子心性至灵，娘要真不行了，他一定能自己回来的。

娘!
好好的怎么心口疼了呢?
莫非是娘出事了?

二哥？您……您怎么回来了？谁告诉您娘生病了？
娘真的生病了？
娘——
娘，孩儿不孝，您受着这般苦，孩儿却没能陪在您身边……
儿啊，娘就知道你一定会回来的。
大夫，我娘的病情怎么样？

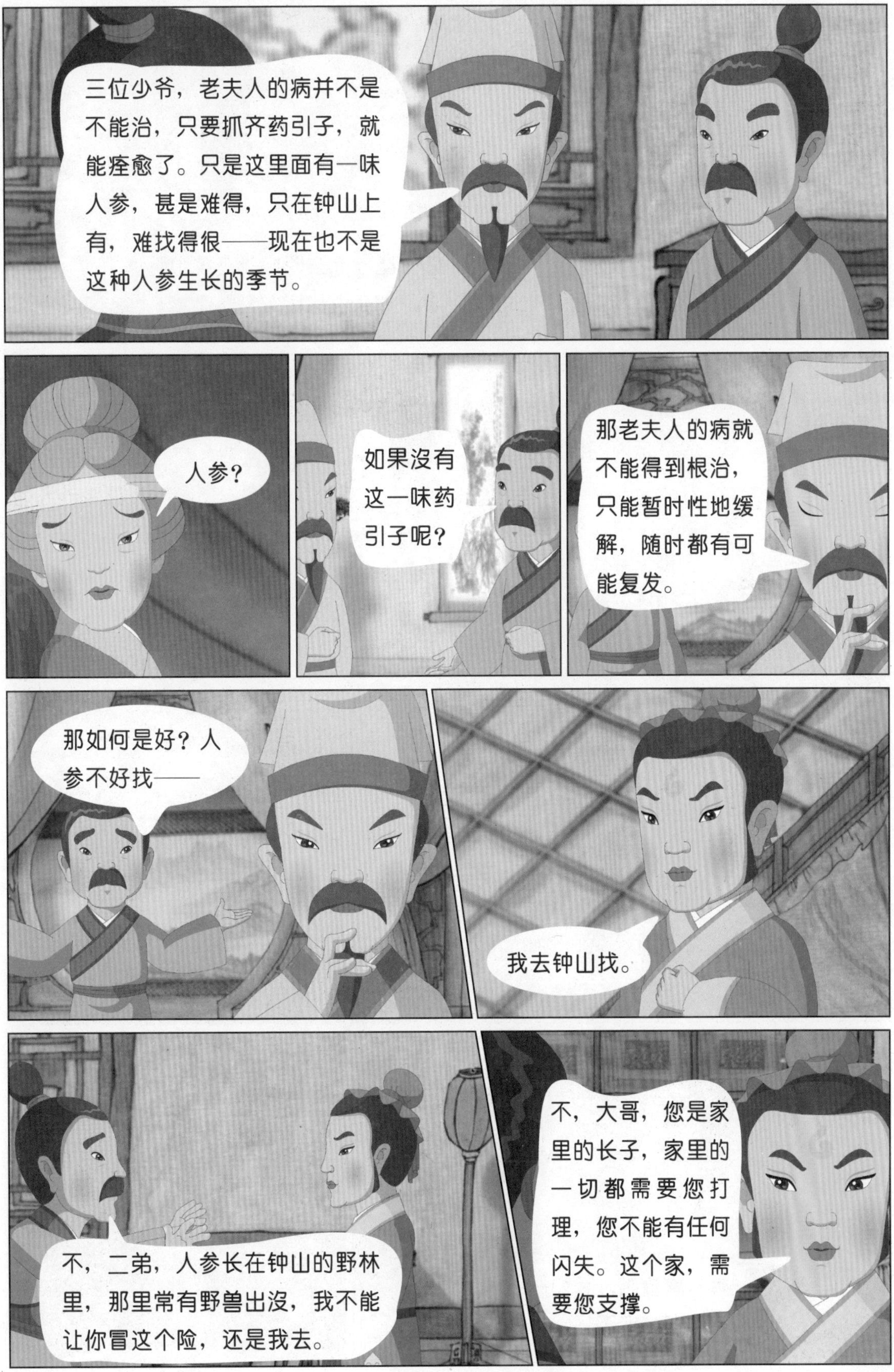
三位少爷，老夫人的病并不是不能治，只要抓齐药引子，就能痊愈了。只是这里面有一味人参，甚是难得，只在钟山上有，难找得很——现在也不是这种人参生长的季节。
人参？
如果没有这一味药引子呢？
那老夫人的病就不能得到根治，只能暂时性地缓解，随时都有可能复发。
那如何是好？人参不好找——
我去钟山找。
不，二弟，人参长在钟山的野林里，那里常有野兽出没，我不能让你冒这个险，还是我去。
不，大哥，您是家里的长子，家里的一切都需要您打理，您不能有任何闪失。这个家，需要您支撑。

是啊，那里太危险了。如果要去，那也该是我去，我在家也帮不上什么忙。
不，三弟，你还小，我做哥哥的怎么能让你去呢！我在钟山听讲学，怎么说也比你们熟悉。
儿啊，你们有这份心，做娘的已经很开心了。别为娘去冒这个险，你们出了事，娘就算病好了也不安心啊。
不，娘，做儿子的如果连这点事情都不能为您做，那心里该多愧疚啊。您含辛茹苦生养我们，我们怎能眼见着您受苦而不作任何努力呢！娘，您放心，儿一定平安归来。
老夫人，您有儿如此，老天也会被他的孝心感动的，一定能找到人参的，您就随了他的心吧。
娘，您放心，我们一定把您的病医好。

你说的这种人参，我还是小时候听老辈人说有人采到过，而且去那里的路很危险——不过这东西有灵性，你这么有孝心，说不定真能采到呢。
多谢老伯指点！
小伙子，你走错路了，应该是那个方向！

不行，我不能就这么放弃。

啊，人参？

人参？真的是人参！
娘的病能治好了！
母亲喝了人参做药引子的药，病果然痊愈了。大家都说这是孝绪的孝心感动了上天，很快，阮孝绪的孝行传遍十里八乡，并且越传越神奇。
我看，那不是鹿，一定是天上的神仙变的。
不对，那是他的孝心感动了天上的神仙，所以派那头鹿来指引他找到人参。
听说他带回来的那些草和野果也是很名贵的中草药呢。

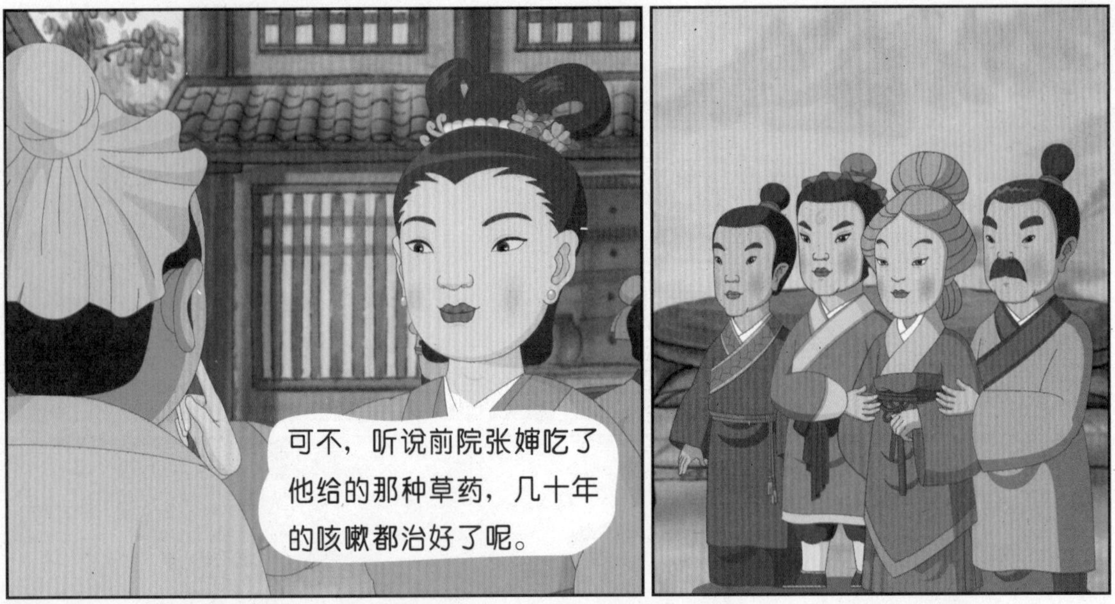
可不，听说前院张婶吃了他给的那种草药，几十年的咳嗽都治好了呢。

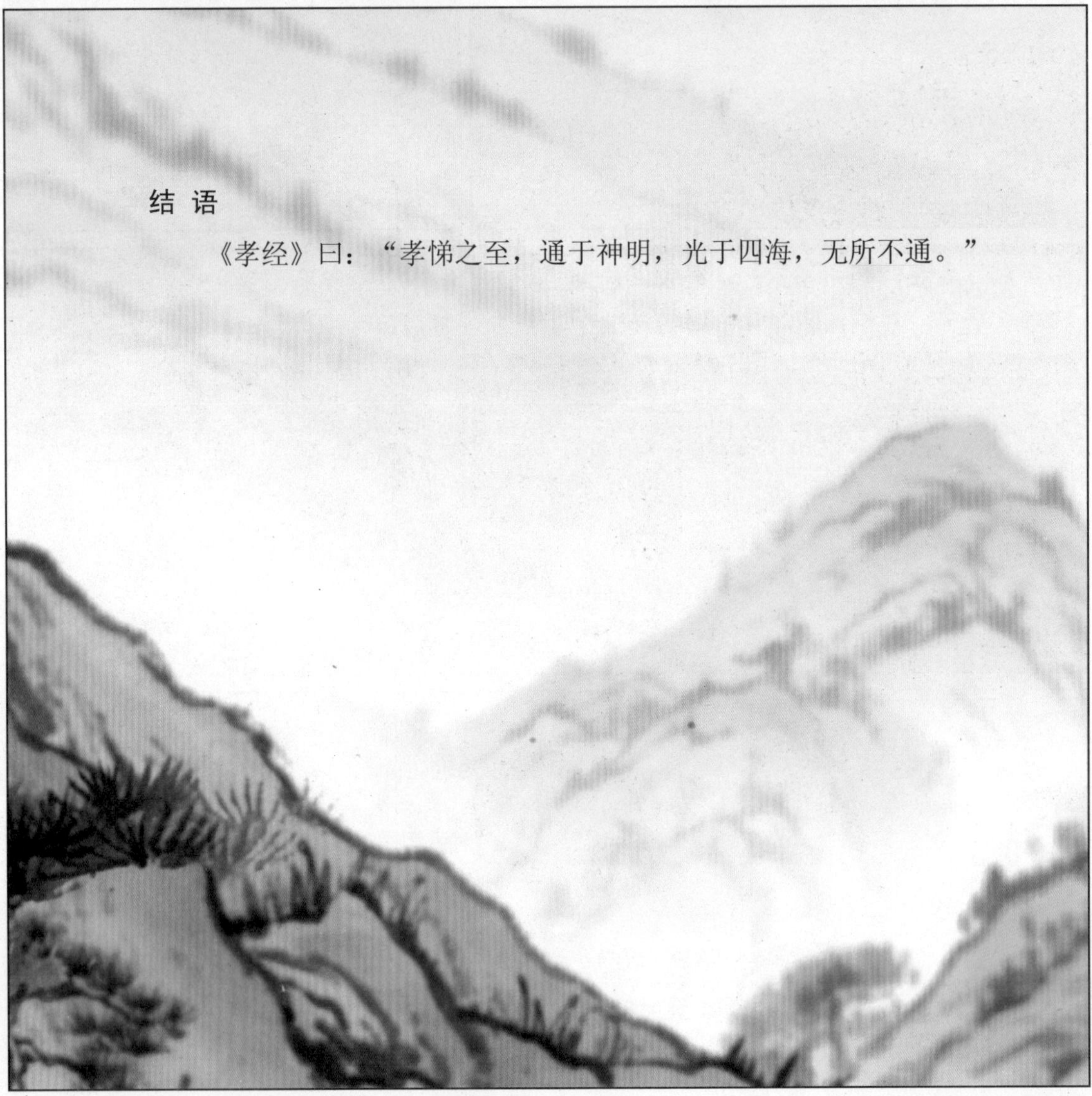

结 语

《孝经》曰：“孝悌之至，通于神明，光于四海，无所不通。”